Knaus

K

Willa Cather

Die Frau, die sich verlor

Roman

Albrecht Knaus

Titel der Originalausgabe: A LOST LADY,
erstmals erschienen bei Alfred A. Knopf, Inc., New York

Aus dem Amerikanischen von Eva Brückner-Tuckwiller

Der Albrecht Knaus Verlag
ist ein Unternehmen der Verlagsgruppe Bertelsmann

1. Auflage

Schutzumschlag von Bernd und Christel Kaselow, München, unter Verwendung einer Kaltnadelradierung (Ausschnitt) von Paul Helleu, 1912
Gesetzt aus Korpus Walbaum
Printed in Germany · Presse-Druck, Augsburg
ISBN 3-8135-3487-1

«. . . . . Come, my coach!
Good night, ladies; good night, sweet ladies,
Good night, good night.»

Erster Teil

1

Vor dreißig oder vierzig Jahren, in einer der grauen Städte an der Burlington-Bahnstrecke, die heute so viel grauer sind als damals, gab es ein Haus, das von Omaha bis Denver wegen seiner Gastlichkeit und eines gewissen Charmes seiner Atmosphäre wohlbekannt war. Wohlbekannt vor allem der Eisenbahn-Aristokratie jener Zeit: Männern, die mit der Bahn selbst zu tun hatten, oder mit einer der «Landgesellschaften», ihren Nebenprodukten. Damals genügte es, wenn von einem Mann gesagt wurde, er «habe mit der Bahn zu tun». Da waren die Direktoren, die Generalbevollmächtigten, Vizepräsidenten, Betriebsleiter, deren Namen wir alle kannten; und ihre jüngeren Brüder oder Neffen waren Rechnungsrevisoren, Frachtagenten, Abteilungsgehilfen. Alle, die mit der Bahn «zu tun hatten», sogar die großen Vieh- und Getreidespediteure, hatten Jahreskarten; sie und ihre Familien waren sehr oft auf der Strecke unterwegs. Damals gab es zwei verschiedene Gesellschaftsschichten in den Präriestaaten: die Siedler und Handwerker, die dort waren, um ihren Lebensunterhalt zu verdienen, und die Bankiers und Gentlemen-Viehzüchter, die von der Ostküste kamen, um Geld zu investieren und «unseren großen Westen zu entwickeln», wie sie uns zu sagen pflegten.

Wenn die Burlington-Leute in weniger dringlichen Geschäften hin- und herreisten, stiegen sie gern aus dem Expreßzug, um die Nacht in einem angenehmen Haus zu verbringen, wo ihre Bedeutung taktvoll anerkannt wurde; und kein Haus war angenehmer als das von Captain Daniel Forrester in Sweet Water. Captain Forrester war selbst ein Eisenbahnmann, ein Unternehmer, der Hunderte von Meilen für die Burlington gebaut hatte – durch Beifußgestrüpp und Weideland, und weiter in die Black Hills hinauf.

Das Haus Forrester, wie jeder es nannte, war keineswegs bemerkenswert; die Menschen, die dort lebten, ließen es viel größer und vornehmer erscheinen, als es war. Das Haus stand auf einem flachen runden Hügel fast eine Meile östlich der Stadt; ein weißer Bau mit einem Seitenflügel und steil abfallendem Dach wegen des Schnees. Eine offene Veranda umgab es, die nach modernen Vorstellungen von Komfort zu eng war. Sie stützte sich auf die überladenen, zerbrechlichen Säulen jener Epoche, in der jedes ehrliche Stück Holz auf der Drehbank zu einer Scheußlichkeit mißhandelt wurde. Ohne seine Kletterpflanzen und seine Büsche wäre das Haus wohl ziemlich häßlich gewesen. Es stand dicht am Rand eines schönen Pappelwäldchens, das es schützend umfing und sich dahinter den ganzen Hang hinabzog. Auf der Anhöhe vor dem aufragenden Gehölz war es das erste, was man erblickte, wenn man mit der Bahn in

Sweet Water einfuhr, und das letzte, was man sah, wenn man abfuhr.

Um sich Captain Forresters Besitz zu nähern, mußte man zunächst einen breiten sandigen Bach überqueren, der am Ostrand der Stadt entlangfloß. Hatte man den Steg oder die Furt hinter sich gebracht, betrat man den pappelgesäumten Privatweg des Captains, zu dessen beiden Seiten sich weite Wiesen erstreckten. Unmittelbar am Fuße des Hügels, auf dem das Haus stand, überquerte man auf der soliden Holzbrücke einen zweiten Bach. Dieser Wasserlauf zog schlichte Schlaufen und Windungen durch die weiten Wiesen, die halb Weideland, halb Sumpfgebiet waren. Jeder andere, nur Captain Forrester nicht, hätte das tiefere Land trockengelegt und daraus ertragreiche Felder gemacht. Aber er hatte vor langer Zeit diesen Ort ausgewählt, weil er ihn schön fand, und es gefiel ihm nun einmal, wie sich der Bach durch seine Wiesen wand, mit Minze und Schachtelhalm und flimmernden Weiden an den Ufern. Für jene Zeiten war er vermögend, und er hatte keine Kinder. Er konnte sich seine Launen erlauben.

Wenn der Captain Freunde aus Omaha oder Denver in seinem Zweispänner von der Bahnstation abholte, freute es ihn, wie diese Herren sein prachtvolles Vieh bewunderten, das zu beiden Seiten des Weges auf seinen Weiden graste. Und wenn sie die Hügelkuppe erreichten, freute es ihn zu sehen, wie Männer, die älter waren als er, gewandt zu Boden sprangen und die Vorderstufen hinaufliefen, wenn Mrs. Forrester zu ihrer Begrüßung auf die Veranda trat. Selbst der härteste und kälteste seiner Freunde, ein schmalgesichtiger Bankier aus Lincoln, wurde lebendig, wenn er ihre Hand nahm, versuchte der heiteren Herausforderung in ihren Augen zu begegnen und ihre witzige Begrüßung schlagfertig zu erwidern.

Stets war sie da, vor der Haustür, um ihre Gäste willkommen zu heißen, deren Nahen Hufschlag und Räderrollen von der Holzbrücke her angekündigt hatten. Wenn sie gerade in der Küche stand und ihrer böhmischen Köchin half, kam sie in der Schürze heraus und schwenkte einen butterbeschmierten Eisenlöffel oder drohte dem Neuankömmling mit kirschsaftgefärbten Fingern. Nie hielt sie sich damit auf, eine Locke hochzustecken. Sie wirkte selbst im Hauskleid reizvoll, und das wußte sie. Es war schon vorgekommen, daß sie im Morgenmantel, die Bürste in der Hand und das lange schwarze Haar aufgelöst um die Schultern, an die Tür stürzte, um Cyrus Dalzell zu begrüßen, den Vorsitzenden der Colorado & Utah, und noch nie hatte sich der hohe Herr so geschmeichelt gefühlt. In seinen Augen und in den Augen der anderen Bewunderer mittleren Alters, die dort verkehrten, war alles «lady-like», was Mrs. Forrester tat, weil sie es tat. Die Männer konnten sie sich in keiner Kleidung oder Lage vorstellen, in der sie nicht bezaubernd gewesen wäre. Captain Forrester selbst, ein Mann von wenig Worten, hatte Richter Pommeroy erzählt, nie sei sie ihm reizvoller erschienen als an dem Tag, da der neue Stier sie über die Weide jagte. Sie hatte nicht mehr an den Stier gedacht und war auf die Wiese gegangen, um Wildblumen zu pflücken. Er hörte sie schreien, und als er keuchend den Hügel hinunterlief, flitzte sie wie ein Hase am Rand der Marsch entlang, außer sich vor Lachen und stur den feuerroten Sonnenschirm festhaltend, der den ganzen Ärger verursacht hatte.

Mrs. Forrester war fünfundzwanzig Jahre jünger als ihr Mann, und sie war seine zweite Frau. Er hatte sie in Kalifornien geheiratet und als Jungvermählte nach Sweet Water gebracht. Sie nannten den Besitz sogar damals ihr Zuhause, als sie jedes Jahr nur wenige Monate dort zubrachten. Aber später, nach dem furchtbaren Sturz des Captains mit seinem Pferd in den Bergen, wo er solchen Schaden nahm, daß er keine Eisenbahnen mehr bauen konnte, zogen er und seine Frau sich in das Haus auf dem Hügel zurück. Er wurde dort alt – und leider auch sie wurde älter.

2

Doch wollen wir diese Geschichte mit einem Sommermorgen vor langer Zeit beginnen, als Mrs. Forrester noch eine junge Frau war und Sweet Water eine Stadt, von der Großes erwartet wurde. An jenem Morgen stand sie in dem tiefen Fenster im Erker ihres Wohnzimmers und ordnete altmodische Moosrosen in einer Glasvase. Als sie aufblickte, sah sie eine Gruppe kleiner Jungen barfuß mit Angelruten und Picknickkörben die Zufahrt entlangkommen. Sie kannte die meisten von ihnen; da war Niel

Herbert, Richter Pommeroys Neffe, ein hübscher zwölfjähriger Junge, den sie gern mochte; und der höfliche George Adams, Sohn eines Gentleman-Viehzüchters aus Lowell, Massachusetts. Die übrigen waren einfach kleine Jungen aus der Stadt: der rothaarige Fleischerssohn, die dicken braunen Zwillinge des größten Lebensmittelhändlers, Ed Elliott (dessen galanter alter Vater einen Schuhladen hatte und der Don Juan der niederen Kreise von Sweet Water war) sowie die beiden Söhne des deutschen Schneiders – blasse, sommersprossige Kerlchen mit zerzausten Kleidern und zerzaustem rostrotem Haar, denen sie manchmal Wild oder Fisch abkaufte, wenn sie still und geisterhaft an ihrer Küchentür auftauchten und mit dünner Stimme fragten, ob sie «heute morgen etwas Fisch möchte».

Als die Jungen den Hügel hinaufkamen, sah sie, wie sie zögerten und sich berieten. «Frag du sie, Niel.»

«Besser du, George. Sie kommt dauernd zu euch, und bei mir weiß sie kaum, mit wem sie redet.»

Während sie vor den drei Stufen stehenblieben, die zur vorderen Veranda führten, kam Mrs. Forrester an die Tür und nickte freundlich, eine der blaßroten Rosen in der Hand.

«Guten Morgen, Kinder. Wollt ihr ein Picknick machen?»

George Adams trat vor und nahm feierlich seinen großen Strohhut ab. «Guten Morgen, Mrs. Forrester. Bitte dürfen wir unten in der Marsch angeln und herumwaten und im Wäldchen unseren Proviant essen?»

«Aber natürlich. Ihr habt einen herrlichen Tag vor euch. Wie lange ist die Schule schon aus? Vermißt ihr sie nicht? Niel doch sicher. Richter Pommeroy erzählt mir, daß er sehr fleißig ist.»

Die Jungen lachten, und Niel machte ein unglückliches Gesicht.

«Lauft los, und laßt bloß nicht das Tor zur Weide offen. Mr. Forrester mag es gar nicht, wenn ihm das Vieh ins Blaugras geht.»

Die Jungen gingen leise um das Haus zum Tor ins Wäldchen und rannten dann mit Geschrei die grasigen Abhänge unter den hohen Bäumen hinunter. Mrs. Forrester sah ihnen vom Küchenfenster aus nach, bis sie hinter einer Böschung verschwunden waren. Sie wandte sich ihrer böhmischen Köchin zu.

«Mary, wenn du heute morgen bäckst, schieb doch ein Blech Kekse für die Jungen mit hinein. Ich bringe sie hinunter, wenn sie zu Mittag essen.»

Der runde Hügel, auf dem das Haus Forrester stand, senkte sich sanft zu der Brücke vorn und sanft hinab durch das Wäldchen dahinter. Aber östlich vom Haus, wo das Gehölz endete, führte er steil von hohen, klippenartigen Grasbänken zur Marsch hinunter. Dorthin wandten sich die Jungen.

Als die Mittagszeit nahte, hatten sie nichts von alldem unternommen, was sie vorgehabt hatten. Den ganzen Morgen über hatten sie sich wie Wilde aufgeführt, hatten schreiend auf den windigen Anhöhen herumgetobt, waren durch die betauten Spinnweben, die auf dem hohen

Unkraut glitzerten, in das silbrige Marschland hinabgestürmt, zwischen den blaßbräunlichen Schilfrohrkolben umhergeflitzt, durch das sandige Bachbett gewatet; sie hatten eine gestreifte Wasserschlange von dem alten Weidenstumpf verjagt, auf dem sie sich sonnte, Schleudern geschnitzt, sich auf den Bauch geworfen, um aus der kühlen Quelle zu trinken, die unter der Uferbank hervor in ein dunkles Polster von Wasserkresse floß. Nur die beiden deutschen Jungen, Rheinhold und Adolph Blum, zogen sich an einen stillen Tümpel zurück, wo der Bach von einem vorspringenden Baumstumpf abgedämmt wurde, und schafften es trotz des Lärms und all der Plantscherei ringsum, ein paar Fische zu fangen.

Die Wildrosen waren weit geöffnet und strahlten, das Blaugras stand in purpurner Blüte, und die silbrige Wolfsmilch brach gerade auf. Vögel und Schmetterlinge flatterten überall umher. Ganz plötzlich erstarb die Brise, die Luft wurde sehr heiß, die Marsch dampfte, und die Vögel verschwanden. Die Jungen merkten, daß sie müde waren. Ihre Hemden klebten am Körper und ihr Haar an der Stirn. Sie gingen aus den schwülen Sumpfwiesen ins Wäldchen, lagerten da auf dem frischen Gras im wohltuenden Schatten der hohen Pappeln und breiteten ihr Essen aus. Die Blum-Jungen hatten immer nur Graubrot und Stücke trockenen Käses dabei – ihre Gefährten hätten das Zeug um keinen Preis angerührt. Aber nur Thaddeus Grimes, der rothaarige Sohn des Schlachters, war so unhöflich, seine

Verachtung zu zeigen. «Wenn ihr zu Hause von Würstchen lebt, warum bringt ihr nie welche mit?» brüllte er.

«Pst!» sagte Niel Herbert. Er zeigte auf eine weiße Gestalt, die unter den flimmernden Laubschatten rasch durch das Wäldchen herunterkam – Mrs. Forrester, barhäuptig, einen Korb am Arm; ihr blauschwarzes Haar glänzte in der Sonne. Erst Jahre später fing sie an, Schleier und Sonnenhüte zu tragen, obwohl ihr Teint nie zu ihren Vorzügen gehörte. Ihre Wangen waren blaß, ziemlich schmal und im Sommer leicht sommersprossig.

Als sie sich näherte, erhob sich George Adams, dessen Mutter Wert auf Formen legte, und Niel folgte seinem Beispiel.

«Hier sind ein paar frische Kekse für euer Mittagessen, Jungs.» Sie nahm die Serviette vom Korb. «Habt ihr etwas gefangen?»

«Wir haben nicht viel geangelt. Sind nur herumgelaufen», sagte George.

«Ich weiß! Ihr seid gewatet und so.» Sie hatte eine nette Art, mit Jungen zu reden, leicht und vertraulich. «Ich wate selbst manchmal da unten, wenn ich hinuntergehe und Blumen hole. Ich kann nicht widerstehen. Ich zieh die Strümpfe aus, nehm die Röcke hoch und nichts wie rein!» Sie streckte einen weißen Schuh vor und schwenkte ihn.

«Aber Sie können doch schwimmen, nicht, Mrs. Forrester?» sagte George. «Die meisten Frauen können das nicht.»

«Oh doch, sie können! In Kalifornien schwimmt jeder.

Aber der Sweet Water reizt mich nicht – Schlamm und Wasserschlangen und Blutegel. – Huh!» Sie schüttelte sich lachend.

«Wir haben heute morgen eine Wasserschlange gesehen und sie gejagt. Ein Riesenbiest!» warf Thad Grimes ein.

«Warum habt ihr sie nicht getötet? Wenn ich das nächstemal komme, wird sie mich in die Zehen beißen! Aber eßt nun ruhig weiter euer Mittagessen. George kann den Korb bei Mary lassen, wenn ihr weggeht.» Sie ging davon, und die Jungen sahen ihrer weißen Gestalt nach, die am Waldrand entlangstreifte und hier und da haltmachte, um die Himbeerranken am Zaun zu begutachten.

«Wirklich gute Kekse», sagte einer der ständig kichernden Weaver-Zwillinge. Die deutschen Jungen mampften schweigend. Sie hatten sich alle ziemlich gefreut, daß Mrs. Forrester selbst zu ihnen heruntergekommen war, statt Mary zu schicken. Sogar das kleine Rauhbein Thad Grimes mit seinem roten Schopf und dem Fischmund – dem Kennzeichen sämtlicher Grimessprößlinge – wußte, daß Mrs. Forrester ein ganz besonderer Mensch war. George und Niel waren schon alt genug, um selbst zu erkennen, daß sie sich von den anderen Frauen der Stadt unterschied, und darüber nachzudenken, woher das wohl käme. Die Brüder Blum betrachteten sie demütig unter ihrem fahlen, ausgefransten Haar hervor als eine der Reichen und Großen der Welt. Mehr als ihren Gefährten war ihnen bewußt, daß solch eine glückliche und privilegierte Klasse eine unabänderliche Tatsache in der Gesellschaftsordnung war.

Die Jungen hatten ihr Essen beendet, lagen auf dem Gras und sprachen davon, wie Richter Pommeroys Spaniel Fanny vergiftet worden war und wer es höchstwahrscheinlich getan hatte, als ein zweiter Besucher kam.

«Mund halten, Jungs, da kommt er gerade. Das ist Gift-Ivy», sagte einer der Weaver-Zwillinge. «Mund halten, wir wollen nicht, daß der alte Roger vergiftet wird.»

Ein gutgewachsener Junge von achtzehn oder neunzehn Jahren in einem schäbigen Jagdanzug aus Cord, mit Gewehr und Jagdtasche, war von der Marsch heraufgestiegen und kam zwischen den Baumreihen das Wäldchen herunter. Er hatte einen rüden, arroganten Gang, trat nach den Zweigen und hielt sich so unnatürlich gerade, als habe er eine Eisenstange im Rücken. An seiner Kopfhaltung war etwas Dreistes und Argwöhnisches. Er näherte sich der Gruppe und sprach sie in herablassendem, gönnerhaftem Ton an.

«Hallo, Kids, was macht *ihr* hier?»

«Picknick», sagte Ed Elliott.

«Ich dachte, Mädchen gingen auf Picknicks. Habt ihr euren Lehrer mitgebracht? Seid ihr Jungs noch nicht alt genug zum Jagen?»

George Adams sah ihn verächtlich an. «Natürlich sind wir das. Ich habe zu meinem letzten Geburtstag eine 22er Remington bekommen. Aber wir haben zuviel Verstand, als daß wir hierher Gewehre mitbringen. Du solltest deins besser verstecken, Mr. Ivy, sonst kommt

Mrs. Forrester herunter und sagt dir, daß du verschwinden sollst.»

«Sie kann uns vom Haus aus nicht sehen. Und mir kann sie sowieso nichts sagen. Ich bin genauso gut wie sie.»

Darauf erwiderten die Jungen nichts. Solch eine Behauptung erschien sogar dem fischmäuligen Thad absurd; das Geschäft seines Vaters hing davon ab, daß einige Leute besser waren als andere und folglich auch bessere Fleischstücke bestellten. Wenn alle Beinfleisch essen würden wie Ivy Peters' Familie, dann wäre nichts drin im Fleischergewerbe.

Der Besucher hatte inzwischen sein Gewehr und die Jagdtasche hinter einen Baum gelegt, stand steif aufrecht und musterte die Gruppe aus seinen engstehenden Knopfaugen. Sie fühlten sich alle unbehaglich. George und Neil verabscheuten Ivys Anblick – und doch übte sein Gesicht eine Art Faszination auf sie aus. Es war rot, und das Fleisch sah hart aus, als sei es durch Bienenstiche oder die Berührung mit Brennesseln angeschwollen. Seinen Spitznamen, Gift-Ivy, hatte er, weil allgemein bekannt war, daß er schon mehrere andere Hunde «um die Ecke gebracht» hatte, bevor er den freundlichen Spaniel des Richters vergiftete. Die Jungen sagten, zuerst fasse er eine Abneigung gegen einen Hund, dann fände er keine Ruhe, bis er ihn erledigt habe.

Ivys rote Haut war von winzigen Sommersprossen wie Rostflecken übersät, und in jeder seiner harten Wangen befand sich eine geschwungene Einkerbung, wie ein

Knorren in einem Baumstamm – zwei ständige Grübchen, die seinen Gesichtsausdruck keineswegs freundlicher erscheinen ließen. Seine Augen waren sehr klein, und das Fehlen von Wimpern verlieh seinen Pupillen die starre, reglose Härte eines Schlangen- oder Eidechsenblicks. Seine Hände sahen genauso geschwollen aus wie sein Gesicht und waren über Handrücken und Knöchel tiefgefurcht, als sei die Haut zu fest gespannt. Er war ein häßlicher Kerl, Ivy Peters, und er war gern häßlich.

Er fing an, den Jungen zu erzählen, daß es jetzt zu heiß sei zum Jagen, aber später habe er vor, sich in die Marsch hinunterzuschleichen, wohin die Enten nach Sonnenuntergang kämen, und ein paar zu erlegen. «Ich kann durch die Maisfelder verschwinden, bevor der alte Cap'n mich sieht. Er ist nicht besonders schnell.»

«Er wird sich bei deinem Vater beschweren.»

«Meinen Vater schert das einen Dreck!» Die rastlosen Augen des Sprechers sahen zu den Zweigen auf. «Seht mal den Specht da hämmern; schert sich kein bißchen um uns. Der hat Nerven!»

«Sie stehen hier unter Schutz, deswegen haben sie keine Angst», sagte der pedantische George.

«Pah! Sie werden dem Alten das Wäldchen ruinieren. Der Baum ist jetzt schon voller Löcher. Na, wäre der nicht leicht runterzuholen!»

Niel und George Adams richteten sich auf. «Wag es bloß nicht, hier zu schießen, du bringst uns alle in Schwierigkeiten.»

«Sie würde sofort vom Haus herunterkommen», rief Ed Elliott.

«Soll sie doch kommen, hochnäsiges Stück! Wer redet überhaupt von Schießen? Man kann Hunde auch anders umbringen, als ihnen den Hals mit Butter vollzustopfen.»

Angesichts dieser Unverschämtheit warfen sich die Jungen erstaunte Blicke zu, und die braunen Weaver-Zwillinge brachen gleichzeitig in Gekicher aus und wälzten sich über das Gras. Aber Ivy schien nicht zu bemerken, daß er als besonders einfallsreich galt, was Hunde betraf. Er zog eine Metallschleuder aus der Tasche und ein paar runde kleine Kiesel. «Ich will ihn nicht töten. Ich will ihn nur herunterholen, damit wir ihn uns angucken können.»

«Wetten, du triffst ihn nicht!»

«Wetten doch!» Er legte den Stein in das Leder, kniff ein Auge zu und zog ab. Tatsächlich, der Specht fiel ihm vor die Füße. Ivy warf seinen schweren schwarzen Filzhut darüber. Er trug nie einen Strohhut, nicht einmal bei größter Hitze. «Jetzt paßt auf. Er wird zu sich kommen. Gleich hört ihr ihn flattern.»

«Es ist jedenfalls kein Er. Es ist ein Weibchen. Das sieht doch wohl jeder», sagte Niel verächtlich, ärgerlich, daß dieser unbeliebte Kerl daherkam und ihren Nachmittag verdarb. Er verübelte Ivy Peters das Schicksal von Pommeroys Spaniel.

«Na gut, Miss Weibchen», sagte Ivy gleichgültig, auf sein eigenes Vorhaben konzentriert. Er nahm eine kleine rote Lederschachtel aus der Tasche, und als er sie öffnete, sahen die Jungen, daß sie seltsame kleine Instrumente enthielt: winzige scharfe Messerklingen, Haken, gebogene Nadeln, eine Säge, ein Blasrohr und eine Schere. «Ein paar davon habe ich mit einer Präparierausrüstung von *Youth's Companion* bekommen, und ein paar habe ich selbst gemacht.» Er ließ sich steif auf die Knie nieder – seine Glieder schienen sich gar nicht biegen zu wollen – und horchte neben seinem Hut. «Sie ist quicklebendig», verkündete er. Plötzlich schob er die Hand unter die Krempe und holte den verschreckten Vogel hervor. Er blutete nicht und schien nicht verletzt zu sein.

«Jetzt paßt auf, ich zeige euch was», sagte Ivy. Er klemmte den Kopf des Spechts fest zwischen Daumen und Zeigefinger und umschloß seinen zuckenden Körper mit der Handfläche. Blitzschnell, als sei es eine geübte Bewegung, durchschlitzte er mit einer der winzigen Klingen beide Augen, die im betäubten kleinen Kopf des Vogels funkelten, und ließ ihn sofort los.

Der Specht schraubte sich in die Luft, schoß nach rechts, stieß gegen einen Baumstamm – schoß nach links und stieß gegen einen anderen. Auf und ab, hin und her flog er durch das Astgewirr, zerzauste seine Federn, fiel und kam wieder hoch. Die Jungen standen da und beobachteten ihn empört und verlegen und wußten nicht, was sie tun sollten. Sie waren nicht besonders empfindsam; Thad war immer zur Stelle, wenn im Schlachthaus etwas los war, und die Blum-Jungen lebten vom Töten. Sie hätten nicht gedacht, daß ein verwundeter Specht sie so aus der Fassung bringen könnte. Etwas Wildes und

Verzweifeltes lag darin, wie das geblendete Tier in den Zweigen mit den Flügeln schlug, im Sonnenlicht wirbelte, ohne es zu sehen, ständig den Kopf hochwarf und ihn schüttelte, wie ein Vogel, der trinkt. Jetzt hatte er es geschafft, seine Füße auf denselben Zweig zu setzen, wo er getroffen worden war, und schien ihn wiederzuerkennen. Als hätte er aus seiner Verletzung gelernt, pickte und kroch er den Zweig entlang und verschwand in seinem Loch.

«So», sagte Niel Herbert mit zusammengepreßten Zähnen, «wenn ich jetzt an ihn rankomme, dann kann ich ihn töten und seine Qual beenden. Laß mich auf deinen Rücken, Rhein.»

Rheinhold war der größte, und er beugte gehorsam seinen knochigen Rücken. Ein Pappelstamm läßt sich schwer erklettern; die Rinde ist rauh, und die Äste fangen weit oben an. Niel zerriß seine Hose und zerkratzte sich schmerzhaft die nackten Beine, bevor er die erste Astgabel erreichte. Wieder zu Atem gekommen, kletterte er weiter zum Loch des Spechts, das beschwerlich hoch lag. Er war fast angekommen, seine Gefährten unten glaubten ihn völlig sicher, als er plötzlich das Gleichgewicht verlor, sich in der Luft überschlug und ins Gras zu ihren Füßen stürzte. Da blieb er reglos liegen.

«Holt Wasser!»

«Holt Mrs. Forrester! Bittet sie um Whiskey.»

«Nein», sagte George Adams, «tragen wir ihn zum Haus hinauf. Sie wird wissen, was man tun muß.»

«Das ist vernünftig», sagte Ivy Peters. Da er viel größer

und stärker war als alle übrigen, hob er Niels schlaffen Körper auf und begann, den Hügel hinaufzuklettern. Ihm war eingefallen, daß dies eine ausgezeichnete Gelegenheit sei, ins Haus der Forrester zu kommen, um sich dort umzuschauen. Das hatte er sich schon immer gewünscht.

Mary, die Köchin, sah sie vom Küchenfenster aus kommen und lief zu ihrer Herrin. Captain Forrester war gerade in Kansas City.

Mrs. Forrester kam an die Hintertür. «Was ist passiert? Ausgerechnet Niel! Bringt ihn bitte hier herein.»

Ivy Peters folgte ihr und hielt die Augen offen, der Rest trottete hinterher – alle außer den Blum-Jungen, die wußten, daß ihr Platz draußen vor der Küchentür war. Mrs. Forrester führte sie durch das Anrichtezimmer, das Eßzimmer, den hinteren Salon zu ihrem eigenen Schlafzimmer. Sie schlug die weiße Bettdecke zurück, und Ivy legte Niel auf die Laken. Mrs. Forrester war besorgt, aber nicht ängstlich.

«Mary, bring bitte den Brandy aus der Anrichte. George, ruf Dr. Dennison an, er soll sofort herkommen. Und ihr anderen geht auf die Veranda und wartet still. Ihr seid zu viele hier drin.» Sie kniete sich neben das Bett und träufelte Brandy zwischen Niels weiße Lippen. Die kleinen Jungen zogen sich zurück, nur Ivy Peters blieb, die Arme über der Brust verschränkt, im hinteren Salon vor der Schlafzimmertür stehen und musterte seine Umgebung mit dreisten, starren Augen.

Mrs. Forrester warf ihm einen Blick über die Schulter zu. «Würden Sie bitte auf der Veranda warten? Sie sind älter als die anderen, und wenn etwas gebraucht wird, kann ich Sie rufen.»

Ivy fluchte innerlich, aber er mußte gehen. Es lag etwas Endgültiges in ihrer gebieterischen Höflichkeit – überheblich nannte er es. Er hatte vorgehabt, sich in den größten Ledersessel zu setzen, die Beine übereinanderzuschlagen und es sich bequem zu machen; aber er fand sich auf der Veranda wieder, von der sanften und klangvollen Stimme ebenso wirkungsvoll an die Luft gesetzt, als sei er vom stärksten Muskelprotz der Stadt hinausgeworfen worden.

Niel öffnete die Augen und sah sich verwundert in dem großen, halbdunklen Zimmer voller schwerer, altmodischer Nußbaummöbel um. Er lag auf einem weißen Bett mit gefältelten Kissenüberwürfen, und Mrs. Forrester kniete neben ihm und kühlte seine Stirn mit Kölnisch Wasser. Die böhmische Mary stand mit einer Wasserschüssel hinter ihr. «Aua, mein Arm!» murmelte er, und Schweiß trat auf sein Gesicht.

«Ja, mein Lieber, ich fürchte, er ist gebrochen. Beweg dich nicht. Dr. Dennison wird in ein paar Minuten hier sein. Es tut doch nicht sehr weh, oder?»

«Nein, Ma'am», sagte er matt. Er hatte Schmerzen, aber er fühlte sich schwach und zufrieden. Das Zimmer war kühl und dämmrig und still. Bei ihm zu Hause war alles scheußlich, wenn man krank war ... Was für sanfte Finger Mrs. Forrester hatte, und was für eine schöne Lady sie war. Er sah, wie sich ihre weiße Kehle in der Spitzenkrause ihres Kleides schnell hob und senkte.

Plötzlich stand sie auf, um ihre glitzernden Ringe abzunehmen – sie hatte vorher nicht daran gedacht –, streifte sie mit einer raschen Bewegung von den Fingern, als würde sie sich die Hände waschen, und ließ sie in Marys breite Handfläche fallen. Der kleine Junge dachte, nie wieder würde er wohl an einem so angenehmen Ort sein. Die Fenster reichten fast bis nach unten, wie Türen, und die geschlossenen grünen Läden ließen Streifen von Sonnenlicht durch, die auf dem polierten Boden und den Silbergegenständen schimmerten. Die schweren Vorhänge wurden von Kordeln, dick wie Seile, gehalten. Der marmorgedeckte Waschtisch war groß wie eine Anrichte. Die massiven Nußbaummöbel waren alle mit hellfarbenen Hölzern eingelegt. Niel besaß eine Laubsäge, und diese Einlegearbeit interessierte ihn.

«Er sieht doch jetzt besser aus, nicht Mary?» Mrs. Forrester strich ihm mit den Fingern durch das schwarze Haar und küßte ihn leicht auf die Stirn. Oh, wie süß, wie süß sie duftete!

«Räder auf der Brücke; das ist Dr. Dennison. Bring ihn herein, Mary.»

Dr. Dennison richtete Niels Arm und brachte ihn in seinem Buggy nach Hause. Dies Zuhause war nichts, worauf man sich freuen konnte: ein dünnwandiges und klappriges Haus abseits am Rande der Prärie, wo unbedeutende Leute wohnten. Wäre er nicht Richter Pommeroys Neffe gewesen, so hätte Niel zweifellos zu den Jungen gehört, denen Mrs. Forrester im Vorbeigehen nur heiter zunickte. Sein Vater war Witwer. Eine arme Verwandte, eine alte Jungfer aus Kentucky, führte ihnen den Haushalt, und Niel hielt sie für die bei weitem schlechteste Haushälterin der Welt. Ihr Haus war meist voller Wäsche in verschiedenen Stadien der Fertigstellung, Kübel mit eingeweichtem Weißzeug standen herum, und die Betten wurden «gelüftet», bis es irgendwann nachmittags Cousine Sadie einfiel, sie zu machen. Nach dem Frühstück setzte sie sich gern hin und las Berichte über Mordprozesse oder studierte ein zerlesenes Exemplar des «St. Elmo». Sadie war ein gutmütiges Wesen und lief ständig davon, um irgendwelchen Nachbarinnen zu helfen, aber Niel fand es fürchterlich, wenn jemand zu Besuch kam.

Sein Vater war selten zu Hause, fast immer in seinem Büro. Er führte die Grundbücher der County und vermittelte Farmkredite. Nachdem er sein eigenes Vermögen verloren hatte, investierte er Geld für andere Leute. Er war ein sanfter, liebenswürdiger Mann, jung, gutaussehend, angenehm, aber Niel hatte das Gefühl, daß seine Familie von einer Atmosphäre des Scheiterns und der Niederlage umgeben war. Er hing an seinem Onkel mütterlicherseits, dem weißbärtigen und stattlichen Richter Pommeroy, Captain Forresters Anwalt und Freund all der großen Männer, die die Forresters besuchten. Niel war stolz, wie seine Mutter; sie starb, als er fünf Jahre alt war. Sie hatte den Westen gehaßt und pflegte ihren Nachbarn hochnäsig zu erklären, es wäre ihr niemals in den Sinn gekommen, irgendwo anders zu leben als in Fayette County, Kentucky; sie seien nur nach

Sweet Water gekommen, um ihr Geld anzulegen und «aus dem Penny ein Pfund zu machen». Durch diesen Satz blieb sie allen im Gedächtnis – arme Lady.

3

In den nächsten Jahren sah Niel sehr wenig von Mrs. Forrester. Sie war ein aufregendes Ereignis, das mit dem Sommer kam und ging. Sie und ihr Mann verbrachten den Winter in Denver und Colorado Springs – verließen Sweet Water kurz nach Thanksgiving und kehrten nicht vor Mai zurück. Er wußte, daß Mrs. Forrester ihn gern mochte, aber ihr blieb nicht viel Zeit für halbwüchsige Jungen. Wenn sie Freunde zu Besuch hatte und ein Abendpicknick für sie veranstaltete, oder nachts bei Mondlicht einen Tanz im Wäldchen, wurde Niel immer eingeladen. Auf dem Weg zur Marsch und zurück begegnete er manchmal dem Captain, der Besucher im Zweispänner zum Haus brachte, und er hörte von diesen Leuten durch Black Tom, Richter Pommeroys treuen schwarzen Diener, der zu Mrs. Forrester servieren ging, wenn sie eine Dinnerparty gab.

Dann kam der Unfall, welcher der Laufbahn des Captains als Streckenbauer ein jähes Ende setzte. Nach jenem Sturz mit seinem Pferd lag er den Winter über krank im Antlers in Colorado Springs. Als Mrs. Forrester ihn im Sommer nach Sweet Water heimbrachte, ging er immer noch am Stock. Er war viel schwerer geworden, schien von seiner eigenen Massigkeit behindert und machte nicht den Eindruck, daß er je wieder einen Vertrag für die Bahn abschließen würde. Er konnte in seinem Garten arbeiten, stutzte seine Schneeballbüsche und Fliedersträucher und widmete einen großen Teil seiner Zeit der Rosenzucht. Im Winter reisten er und seine Frau immer noch fort, aber jedes Jahr wurde die Zeit ihrer Abwesenheit kürzer.

Währenddessen veränderte sich die Stadt Sweet Water. Ihre Zukunft sah nicht mehr so glänzend aus. Mehrere Mißernten nacheinander hatten die Farmer entmutigt. Enttäuscht vom Westen waren George Adams und seine Familie nach Massachusetts zurückgekehrt. Ein Gentleman-Viehzüchter nach dem anderen folgte ihrem Beispiel. Die Forresters hatten jetzt weniger Gäste. Die Burlington «zog ihre Hörner ein», wie die Leute sagten, und die Bahngesellschafter machten nicht mehr so oft in Sweet Water halt – ließen die Stadt, in der sie Geld angelegt hatten, das sie nie wiedersehen würden, lieber schnell hinter sich.

Niel Herberts Vater war unter den ersten, die an die Wand gedrückt wurden. Er schloß sein kleines Haus, schickte seine Cousine Sadie zurück nach Kentucky und ging nach Denver, um eine Bürostellung anzunehmen. Niel ließ er in der Praxis seines Onkels zurück, damit dieser ihm das Recht lehre. Nicht daß Niel irgendeine Neigung für die Rechtswissenschaft gehabt hätte, aber er war gern mit Richter Pommeroy zusammen, konnte zunächst dort ebenso gut bleiben wie anderswo. Die paar tausend Dollar, die seine Mutter ihm hinterlassen hatte, würden ihm erst gehören, wenn er einundzwanzig war.

Niel richtete sich das Zimmer hinter den Räumen ein, die der Richter im zweiten Geschoß des prunkvollsten Backsteinblocks der Stadt für seine Amtsgeschäfte beanspruchte. Dort lebte er in klösterlicher Reinheit und Strenge, froh, seine Cousine und ihre sprunghafte Haushaltsführung los zu sein, und beschloß, Junggeselle zu bleiben wie sein Onkel. Er kümmerte sich um die Büroräume, das heißt, er tat die Hausmeisterarbeit, richtete die Zimmer genau nach seinem Geschmack ein und gestaltete sie so anziehend, daß alle Freunde des Richters und besonders Captain Forrester häufiger als zuvor auf ein Gespräch vorbeikamen.

Der Richter war stolz auf seinen Neffen. Niel war jetzt neunzehn, ein großer, aufrechter, besonnener Junge. Seine Züge waren klar geschnitten, seine grauen Augen, die so dunkel waren, daß sie unter seinen langen Wimpern schwarz aussahen, blickten ziemlich mürrisch und trotzig. Gerade damals sah die Welt für junge Leute nicht übermäßig rosig aus. Seine Zurückhaltung, die weder Unsicherheit noch Eitelkeit entsprang, sondern einer kritischen Geisteshaltung, ließ ihn älter erscheinen, als er war, und ein wenig kalt.

An einem Winternachmittag, wenige Tage vor Weihnachten, saß Niel schreibend am langen Tisch im hinteren Bürozimmer, wo er gewöhnlich arbeitete oder sich die Zeit vertrieb, umgeben von der hervorragenden juristischen Bibliothek des Richters und feierlichen Stichen von Staatsmännern und Rechtsgelehrten. Sein Onkel war an seinem Schreibtisch im vorderen Bürozimmer mit einer freundschaftlichen Beratung eines seiner Klienten vom Lande beschäftigt. Niel, den die Schriftstücke, die er kopierte, außerordentlich langweilten, suchte gerade nach einem Vorwand, um auf die Straße zu entkommen, als er leichte Schritte vernahm, die rasch den Hausflur entlangkamen. Die Tür des Vorderzimmers öffnete sich, er hörte, wie sein Onkel sich rasch erhob und hörte gleichzeitig das Lachen einer Frau – ein weiches, musikalisches Lachen, das wie eine liebliche Tonleiter auf- und abstieg. Er wandte sich in seinem Drehstuhl um, damit er über die Schulter durch die Doppeltüren ins Vorderzimmer sehen konnte. Dort stand Mrs. Forrester und drohte dem Richter und dem verblüfften schwedischen Farmer mit dem Muff. Ihr rasches Auge hatte zwischen den Papieren auf dem Schreibtisch eine Flasche Bourbon und zwei Gläser erspäht.

«Gehen Sie so Ihre Fälle an, Richter? Welch ein Vorbild für Niel!» Sie guckte durch die Tür und nickte dem Jungen zu, als der sich erhob.

Er blieb jedoch im Hinterzimmer und beobachtete sie, während sie den Stuhl ausschlug, den der Richter ihr hinschob, und eine ablehnende Geste machte, als er höflich auf den Bourbon zeigte. Sie stand neben seinem Schreibtisch in ihrem langen Seal mit Pelzmütze, aus ihrem Kragen guckte ein roter Schal hervor, über ihren Augen hatte sie einen kleinen braunen Schleier mit Tupfen. Der Schleier verbarg keineswegs jene schönen dunklen und leuchtenden Augen unter geschwungenen Augenbrauen und einer niedrigen weißen Stirn. Die frostige Luft hatte ihre Wangen nicht gerötet – ihre Haut war immer so duftig und kristallen weiß wie weißer Flieder. Wen Mrs. Forrester ansah, der wußte, sie war bezaubernd. So etwas ging blitzschnell und durchdrang das dickste Fell. Der schwedische Farmer grinste von einem Ohr zum anderen, und auch er hatte sich auf die Füße gerappelt. Eine unerfreuliche Begegnung, und sei sie noch so flüchtig, konnte es mit Mrs. Forrester nicht geben. Sie brauchte einem nur zuzunicken, einen nur anzusehen, und schon war eine persönliche Beziehung hergestellt. Etwas an ihr packte einen sofort; man nahm sie intensiv wahr, ihre Zartheit und Anmut, ihren Mund, der wortlos so viel sagen konnte, ihre lebhaften, lachenden, vertrauten, fast immer etwas spöttischen Augen.

«Kommen Sie und Niel morgen abend zu uns zum Essen, Richter? Und borgen Sie mir Tom? Wir haben gerade ein Telegramm bekommen. Die Ogdens wollen bei uns haltmachen. Sie waren im Osten, das Mädchen von der Schule abholen – sie hatte Mumps oder so. Sie möchten Weihnachten zu Hause sein, bleiben aber zwei Tage. Wahrscheinlich kommt auch Frank Ellinger aus Denver.»

«Nichts kann mich mehr erfreuen als die Aussicht, mit Mrs. Forrester zu Abend zu speisen», sagte der Richter gestelzt.

«Danke!» Sie verneigte sich scherzhaft und wandte sich

den Doppeltüren zu. «Niel, könntest du deine Arbeit so lange im Stich lassen, um mich nach Hause zu fahren? Mr. Forrester ist in der Bank aufgehalten worden.»

Niel zog seinen Wolfspelz an. Mrs. Forrester nahm ihn bei seinem zottigen Ärmel und ging mit ihm rasch durch den langen Flur und die enge Treppe zur Straße hinunter.

An der Barre stand ihr zierlicher Schlitten, der zwischen den ländlichen Fahrzeugen wie ein buntes Spielzeug aussah. Niel legte Mrs. Forrester die Büffelfelle um, band die Ponys los und sprang neben ihr auf. Ohne eine Aufforderung setzte sich das Gespann in Bewegung, die gefrorene Hauptstraße entlang, auf der nur wenige Leute unterwegs waren, überquerte den Bach auf dem Eis und trabte den pappelgesäumten Weg hinauf zum Haus auf dem Hügel. Die späte Nachmittagssonne strahlte auf die schneeverkrusteten Weiden herab. Die Pappeln sahen sehr hoch und gerade aus, hager und streng in ihrer winterlichen Kargheit. Mrs. Forrester plauderte mit Niel, das Gesicht ihm zugewandt und mit erhobenem Muff, um den Wind abzuhalten.

«Ich rechne mit deiner Hilfe, Constance Ogden zu unterhalten. Kannst du sie mir übermorgen abnehmen, nachmittags herüberkommen? Deine Anwaltspflichten sind doch noch nicht so beträchtlich?» Sie lächelte verschmitzt. «Was kann ich mit einem neunzehnjährigen Fräulein anfangen? Einem, das aufs College geht? Ich kann ihr kein gelehrtes Gespräch bieten!»

«Ich erst recht nicht!» rief Niel aus.

«Aber du bist ein Junge! Vielleicht kannst du sie für leichtere Dinge interessieren. Sie gilt als hübsch.»

«Finden Sie das auch?»

«Ich habe sie in letzter Zeit nicht gesehen. Sie war beeindruckend – porzellanblaue Augen und jede Menge gelbes Haar, nicht eigentlich gelb – aschblond heißt es, glaube ich.»

Niel war aufgefallen, daß Mrs. Forrester, wenn sie die Reize anderer Frauen beschrieb, sich immer ein bißchen über sie lustig machte.

Sie hielten vor dem Haus. Ben Keezer kam aus der Küche, um das Gespann zu übernehmen.

«Du mußt um sechs zurückfahren und Mr. Forrester abholen, Ben. Niel, komm einen Augenblick herein und wärm dich auf.» Sie zog ihn durch den kleinen Windfang, der im Winter die Vordertür schützte, in die Diele. «Häng deinen Mantel auf und komm.» Er folgte ihr durch den Salon ins Wohnzimmer, wo im Kamin unter dem schwarzen Sims ein kleines Kohlenfeuer brannte, und setzte sich in den schweren Ledersessel, in dem Captain Forrester nach seinem Mittagsmahl gewöhnlich döste. Es war ein ziemlich dunkler Raum mit Bücherborden aus Nußbaum, die geschnitzte Aufsätze und Glastüren hatten. Der Boden war mit einem roten Teppich bedeckt, und an den Wänden hingen große altmodische Stiche: «Das Haus des Dichters am letzten Tag von Pompeji», «Shakespeare liest vor Königin Elisabeth».

Mrs. Forrester verschwand und kam gleich darauf mit einem Tablett zurück, auf dem eine Karaffe und Sherrygläser standen. Sie stellte es auf den Rauchtisch ihres Mannes, schenkte ein Glas für Niel und eines für sich selbst ein und hockte sich auf die Armlehne eines Polstersessels, nippte an ihrem Sherry und streckte ihre winzigen Pantoffeln mit Schnallen aus Silber den glühenden Kohlen entgegen.

«Es ist so schön, daß Sie bis nach Weihnachten bleiben», sagte Niel. «Seit ich mich erinnern kann, waren Sie nur einmal über Weihnachten hier.»

«Ich fürchte, wir bleiben dieses Jahr den ganzen Winter. Mr. Forrester meint, wir können es uns nicht leisten zu verreisen. Aus irgendeinem Grund sind wir zur Zeit schrecklich arm.»

«Wie alle anderen», bemerkte der Junge düster.

«Ja, wie alle anderen. Aber es nützt nichts, darüber mißmutig zu sein, oder?» Sie füllte die beiden Gläser nach. «Ich trinke nachmittags um diese Zeit immer einen kleinen Sherry. In Colorado Springs trinken einige meiner Freunde Tee, wie die Engländer. Aber ich käme mir wie eine alte Frau vor, wenn ich Tee trinken würde! Außerdem ist Sherry gut für meinen Hals.» Niel erinnerte sich an eine Geschichte über eine schwache Brust und entsetzliche Blutstürze. Doch schien das zweifelhaft, wenn man sie ansah – zart und zerbrechlich zwar, aber von solch unbeschwerter, überschäumender Vitalität. «Vielleicht komme ich dir tatsächlich alt vor, Niel, alt genug für Tee und eine Haube!»

Er lächelte ernst. «Mir kommen Sie immer gleich vor, Mrs. Forrester.»

«Ja? Und wie ist das?»

«Wunderschön. Einfach wunderschön.»

Als sie sich vorbeugte, um ihr Glas abzusetzen, tätschelte sie ihm die Wange. «Ach, du bist schon der Richtige für Constance!» Dann ernst, «aber es freut mich, wenn es stimmt. Du sollst mich so gern haben, daß du uns diesen Winter häufig besuchen kommst. Mit deinem Onkel, als Vierter zum Whist. Mr. Forrester muß abends seinen Whist haben. Meinst du, er sieht irgendwie schlechter aus, Niel? Ich habe Angst, wenn ich sehe, daß er ein bißchen gebrechlich wird. Aber, na ja, wir müssen ans Glück glauben!» Sie nahm das halbleere Glas und hielt es gegen das Licht.

Niel sah gern den Feuerschein auf ihren Ohrringen funkeln, langen lilienförmigen Gehängen aus Granatsteinen und Zuchtperlen. Er kannte keine andere Frau, die Ohrringe trug; sie baumelten ganz natürlich gegen ihre schmalen, eckigen Wangen. Obwohl Captain Forrester ihr schönere geschenkt hatte, sah er diese gern an ihr, weil sie seiner Mutter gehört hatten. Es gefiel ihm, daß seine Frau Schmuck trug; es bedeutete ihm etwas. Sie legte nie ihre schönen Ringe ab, außer in der Küche.

«Ein Winter auf dem Lande tut ihm vielleicht gut», sagte Mrs. Forrester nach einem Schweigen, während sie angespannt ins Feuer sah, als versuchte sie dort zu lesen, wie ihre Schwierigkeiten ausgingen. «Er liebt diesen Platz so sehr. Aber du und Richter Pommeroy, ihr müßt ein Auge auf ihn haben, wenn er in der Stadt ist, Niel. Wenn er müde oder unsicher aussieht, sucht einen Vorwand und bringt ihn nach Hause. Er kann nicht wie früher einen oder zwei Drinks vertragen» – sie blickte über die Schulter, um zu sehen, ob die Tür zum Eßzimmer geschlossen war. «Einmal im letzten Winter hatte er mit ein paar alten Freunden im Antlers etwas getrunken – nichts Ungewöhnliches, nur das Übliche, was ein Mann vertragen muß – aber für ihn war es zuviel. Als er herauskam und zu mir in den Wagen steigen wollte, diesen langen Weg herunterkam, weißt du, da fiel er hin. Da war kein Eis, er ist nicht ausgerutscht. Er war einfach unsicher auf den Beinen. Er hatte Mühe, wieder hochzukommen. Ich schaudere jetzt noch, wenn ich daran denke. Für mich war es, als sei einer der Berge umgestürzt.»

Etwas später, als Niel den Hügel hinunterpreschte, sah er jubelnd in den roten Streifen des Sonnenuntergangs. Oh, der Winter würde dieses Jahr nicht so schlimm sein! Wie seltsam, daß sie überhaupt hier war, eine Frau wie sie unter gewöhnlichen Leuten! Nicht einmal in Denver hatte er je eine so elegante Frau gesehen. Er hatte im Speisesaal des Brown-Palace-Hotels gesessen und sie beobachtet, als sie zum Essen herunterkamen – elegante Frauen aus «dem Osten», unterwegs nach Kalifornien. Aber nie hatte er eine so anziehend und vornehm gefunden wie Mrs. Forrester. Verglichen mit ihr waren andere Frauen schwerfällig und langweilig; selbst die hübschen wirkten leblos – es fehlte ihnen dieses gewisse Etwas im Blick, das einem das Blut prickeln ließ. Und nirgends sonst hatte er Ähnliches gehört wie ihr verlockendes melodisches Lachen, das den fernen Takten von Tanzmusik glich, die durch sich öffnende und schließende Türen drang.

Er konnte sich erinnern, wie er Mrs. Forrester zum allerersten Mal gesehen hatte, als er noch ein kleiner Junge war. Er hatte sich an einem Sonntagmorgen vor der Episkopalkirche herumgetrieben, als eine niedrige Kutsche vorfuhr. Ben Keezer saß auf dem Vordersitz, und auf dem Rücksitz saß eine Dame allein, in einem üppig gebauschten und gerüschten schwarzen Seidenkleid. Sie trug einen schwarzen Hut und einen Sonnenschirm mit geschnitztem Elfenbeingriff. Als die Kutsche hielt, hob sie ihr Kleid um auszusteigen; aus einem Wirbel duftiger weißer Unterröcke streckte sie ihren schwarzen glänzenden Slipper hervor. Behende stieg sie zu Boden, nickte dem Fahrer zu und ging in die Kirche. Der kleine Junge folgte ihr durch die offene Tür, sah sie einen Kirchenstuhl betreten und niederknien. Jetzt war er stolz, im ersten Augenblick erkannt zu haben, daß sie einer Welt angehörte, die sich von allem, was er je gekannt hatte, unterschied.

Niel blieb einen Moment am Ende des Weges stehen und blickte die letzte kahle Pappel in der langen Reihe hinauf; genau über ihrer Spitze hing der hohle silberne Wintermond.

4

Bei schönem Wetter ging Richter Pommeroy zu Fuß zu den Forresters, doch anläßlich des Dinners für die Ogdens bestellte er den Mietkutscher, um ihn und seinen Neffen in einer der Stadtdroschken hinüberzubringen – Fahrzeuge, die neben Beerdigungen und Hochzeiten selten benutzt wurden. Sie rochen durchdringend nach Stall und enthielten Kniedecken, schwer wie Blei und schlüpfrig wie Ölpapier. Niel und sein Onkel waren als einzige Leute aus der Stadt an dem Abend zu den Forresters eingeladen; sie rollten in feierlichem Aufzug über den Bach und den Hügel hinauf und waren beim Aussteigen über und über mit Pferdehaar bedeckt.

Captain Forrester empfing sie an der Tür, seine stämmige Gestalt in einen Gehrock gezwängt, mit flachem Kragen und einer schwarzen Schleife unter den schweren Falten seines Halses. Bis auf einen graubraunen Hängeschnurrbart war er immer glattrasiert. Die Gesellschaft stand lachend hinter Niel, während er die Kleiderbürste nahm und anfing, den feinen Anzug seines Onkels von Falbenhaaren zu säubern. Dann bürstete Mrs. Forrester Niel ab, brachte ihn in den Salon und stellte ihn Mrs. Ogden und ihrer Tochter vor.

Die Tochter war ein ziemlich hübsches Mädchen, fand Niel, in einem blaßrosa Abendkleid, das ihre glatten Arme und den kurzen Hals freiließ. Ihre Augen waren, wie Mrs. Forrester gesagt hatte, porzellanblau, ziemlich vorstehend und ausdruckslos. Ihre aschgoldene Haarmähne war mit Silberbändern um den Kopf gewunden. Trotz ihres frischen rosigen Teints war ihr Gesicht eigentlich nicht liebenswürdig. Zwei mürrische Falten zogen sich von den Flügeln ihrer kurzen Nase zu den Mundwinkeln. Wenn sie auch nur ein wenig verstimmt war, verschärften sich diese Falten, zogen ihre Nase zurück und verliehen ihr ein argwöhnisches, beleidigtes Aussehen. Niel setzte sich neben sie und tat sein Bestes, fand es aber schwierig, sich mit ihr zu unterhalten. Sie schien nervös und zerstreut, blickte immer wieder über die Schulter und zerknüllte ihr Taschentuch in den Händen. Sie war in Gedanken eindeutig woanders. Nach wenigen Augenblicken wandte er sich der Mutter zu, die leichter anzusprechen war.

Mrs. Ogden war fast unverzeihlich reizlos. Sie hatte ein birnenförmiges Gesicht, und quer über ihrer hohen Stirn lag eine Reihe platter, glanzloser Locken. Ihre bläulich-braune Haut hatte fast die Farbe ihres violetten Abendkleides. Um ihren runzligen Hals glitzerte ein Diamantenhalsband. Anders als Constance schien sie durch und durch liebenswert zu sein, aber wenn sie redete, neigte sie den Kopf, «gebrauchte» ihre Augen und warf jene schelmischen Blicke, die, wie er angenommen hatte, nur hübsche Frauen sich erlaubten. Wahrscheinlich war sie lange unter Leuten gewesen, für die sie eine wichtige Persönlichkeit darstellte, und hatte dabei das Gehabe einer verwöhnten Primadonna angenommen. Niel fand sie zuerst ziemlich albern, aber nach einiger Zeit hatte er sich an ihre Geziertheiten gewöhnt und fing an, sie zu mögen. Bald lachte er herzlich und vergaß sein entmutigendes Versagen bei der Tochter.

Mr. Ogden, ein untersetzter, wettergegerbter Fünfziger mit einem Schielauge, steifem Unterlippenbärtchen und gezwirbeltem Schnurrbart, war merklich ruhiger und weniger mitteilsam als bei früheren Gelegenheiten, an denen Niel ihm hier begegnet war. Er schien zu erwarten, daß seine Frau das Reden besorgte. Wenn Mrs. Forrester ihn ansprach oder an ihm vorüberging, zwinkerte sein gesundes Auge und folgte ihr, während das schielende unverändert blieb und ins Nichts zu blicken schien.

Plötzlich wurden alle lebhafter, die Luft erwärmte sich und das Lampenlicht schien heller, als ein viertes Mitglied der Denver-Gruppe aus dem Eßzimmer mit einem glitzernden Tablett voller selbst zubereiteter Cocktails hereintrat. Frank Ellinger war ein vierzigjähriger Junggeselle, etwa einsneunzig groß, mit langen geraden Beinen, prächtigen Schultern und einer Figur, die es ihm immer noch ermöglichte, seine weiße Weste ohne eine Falte unter dem auffallend gutgeschnittenen Smoking zuzuknöpfen. Sein schwarzes Haar war drahtig und kraus wie eine Matratzenfüllung und um die Ohren grau, in seinem geröteten Gesicht traten lila Äderchen um seine Hakennase hervor – eine Nase wie ein Schiffsbug, mit langen Nüstern. Mit seinem tiefgespaltenen Kinn, seinen dicken, geschwungenen Lippen, die sehr muskulös, sehr beherrscht erschienen, und seinen kräftigen, unregelmäßigen und vorspringenden weißen Zähnen sah er aus wie ein Mann, der mit einem einzigen Biß eine Eisenstange zerteilen könnte. Seine ganze Gestalt schien unter der Kleidung von einer rastlosen, muskulösen Kraft bewegt zu sein, die etwas von der Grausamkeit wilder Tiere an sich hatte. Niel interessierte sich sehr für diesen Mann, den Helden vieler zweideutiger Geschichten. Ihm war unklar, ob er ihn mochte oder nicht. Er wußte nichts Schlechtes über ihn, aber er spürte etwas Böses von ihm ausgehen.

Die Cocktails waren das Signal zur allgemeinen Unterhaltung, und die Gesellschaft schloß sich zu einer Gruppe zusammen. Sogar Miss Constance schien weniger mißmutig. Ellinger trank seinen Cocktail im Stehen neben ihrem Stuhl und bot ihr die Kirsche in seinem Glas an. Es waren altmodische Whiskey-Cocktails. Niemand trank damals Martinis; Gin galt als Tröster für Seeleute und trunksüchtige Putzfrauen.

«Sehr gut, Frank, sehr gut», ließ Captain Forrester verlauten und zog ein frisches, nach Kölnisch Wasser duftendes Taschentuch hervor, um sich den Schnurrbart zu wischen. «Sind Zugaben vorgesehen?» Der Captain schnaufte ein wenig beim Sprechen. Sein Augen, die seit seiner Verletzung immer etwas trübe und blutunterlaufen waren, zwinkerten unter den schweren Lidern seinen Freunden zu.

«Noch eine Runde für jeden, Captain.» Ellinger brachte einen großen Shaker von der Anrichte und füllte alle Gläser bis auf dasjenige von Miss Ogden nach. Ihr drohte er mit dem Finger und bot ihr das Schälchen Maraschinokirschen an.

«Nein, die will ich nicht. Ich will die aus Ihrem Glas», sagte sie mit schmollendem Lächeln. «Ich mag es, wenn sie nach etwas schmeckt!»

«Constance!» sagte ihre Mutter tadelnd und blickte mit rollenden Augen zu Mrs. Forrester, als wollte sie den Zauber dieser Unschuld mit ihr teilen.

«Niel», sagte Mrs. Forrester lachend, «willst du nicht dem Kind auch deine Kirsche geben?»

Niel ging sofort durchs Zimmer und bot die Kirsche auf dem Boden seines Glases an. Sie nahm sie mit Daumen und Zeigefinger und ließ sie in ihr eigenes fallen, wo sie, wie ihm nicht entging, liegenblieb, als sie zum Essen hinausgingen. Ein stures Stück rosa Fleisch, entschied er, und offenkundig vernarrt in einen Mann, der alt genug ist, um ihr Vater zu sein. Er seufzte, als er sah, daß man ihn am Tisch neben sie plaziert hatte.

Captain Forrester machte immer noch eine eindrucksvolle Figur am Kopf seines Tisches, wie er, die Serviette unter das Kinn gesteckt, die Kunst des Vorschneidens mühelos beherrschte. Niemand vermochte geschickter das Gerippe eines Entenpaares oder eines zwanzigpfündigen Puters freizulegen. «Welches Puterstück ist Ihnen am liebsten, Mrs. Ogden?» Hatte man einen bestimmten Wunsch, so wurde ihm gefolgt, mit allem an Füllung und Sauce, das dazugehörte, und das Gemüse säuberlich daneben. Wenn ein Teller die Hand von Captain Forrester verließ, war es ein Festmahl; der Empfänger war bedient und gut bedient. Er tat Mrs. Forrester als letzter der Damen auf, aber vor den Herren, und auch zu ihr sagte er: «Mrs. Forrester, welches Stück Puter, soll ich dir heute abend geben?» Er war ein Mann, der seine Formulierungen und Verhaltensweisen nicht änderte. Er war nicht beweglicher als seine Miene. Niel und Richter Pommeroy hatten oft bemerkt, wie sehr Captain Forrester den Bildern von Grover Cleveland ähnelte. Seine schwerfällige Würde verbarg eine aufrichtige Natur und ein Gewissen, das noch nie ein falsches Spiel getrieben hatte. Seine Ruhe glich der eines Berges. Wenn er seine fleischige, dickfingerige Hand auf ein scheuendes Pferd, eine hysterische Frau, einen blutdürstigen irischen Arbeiter legte, gab er ihnen Frieden; etwas, dem sie nicht widerstehen konnten. Das war das Geheimnis seiner Menschenführung gewesen. Seine Besonnenheit fragte nichts, verlangte nichts; sie war so selbstverständlich, daß sie verstörte Geschöpfe zur Ruhe brachte. In den alten Zeiten, als er in den Black Hills Strecken baute, brach manchmal, wenn er fort war und sich mit Mrs. Forrester in Colorado Springs aufhielt, im Lager Unruhe aus. Er pflegte dann das Telegramm mit der Nachricht vom Aufruhr hinzulegen und zu seiner Frau zu sagen: «Maidy, ich muß zu den Männern.» Und er tat nichts anderes – er ging zu ihnen.

Während der Captain sich seinen Gastgeberpflichten widmete, sprach er sehr wenig, und Richter Pommeroy und Ellinger unterhielten ein lebhaftes Kreuzfeuer amüsanter Geschichten. Niel, der Ellinger gegenübersaß, beobachtete ihn scharf. Er konnte noch immer nicht entscheiden, ob er ihn mochte oder nicht. In Denver war Frank als Prachtkerl bekannt, taktvoll, großzügig, findig, wenn auch geneigt, sein Mäntelchen nach dem Wind zu hängen; ein Mann, der sich gutwillig dem Unvermeidlichen oder fast Unvermeidlichen beugte. In seinen jüngeren Jahren war er als «wild» berüchtigt, was ihm jedoch nicht nachgetragen wurde, nicht einmal von Müttern heiratsfähiger Töchter wie Mrs. Ogden. Damals herrschten andere Sitten. Niel hatte seinen Onkel von Ellingers jugendlicher Verliebtheit in eine Frau namens Nell Emerald sprechen hören, eine hübsche und ziemlich ungewöhnliche Frau, die in Denver ein von der Polizei ordnungsgemäß lizenziertes Haus führte. Nell Emerald hatte einem alten Clubkameraden erzählt, daß der junge Ellinger sie mit seinem neuen Traber ausgefahren habe, sie aber «keinen Mann, der am hellichten Tage mit einer Prostituierten spazierenfährt» achten könne. Diese Geschichte und ein Dutzend ähnlicher wurden häufig über Ellinger erzählt und von den Frauen ebenso herzlich belacht wie von den Männern. Während der junge Ellinger sich eine Skandalchronik schuf, sorgte er die ganze Zeit hingebungsvoll für eine kranke Mutter und wurde Fremden als ein außerordentlich lockerer junger Mann und vorbildlicher Sohn geschildert. Diese Kombination gefiel dem Zeitgeschmack. Sie minderte sein Ansehen nicht. Da seine Mutter nun tot war, wohnte er im Brown-Palace-Hotel, behielt aber weiter ihr Haus in Colorado Springs.

Als der Braten die Runde gemacht hatte, schenkte Black Tom, sehr förmlich in weißer Weste und Stehkragen, den Champagner ein. Captain Forrester hob sein Glas, den zarten Stiel zwischen seinen dicken Fingern, sah rund um den Tisch seine Gäste und Mrs. Forrester an und sagte: «Glückliche Tage!»

Es war der Trinkspruch, den er immer beim Abendessen ausbrachte, seine unumgängliche Beschwörung, wenn er mit einem alten Freund ein Glas Whiskey trank. Wer sie einmal von ihm gehört hatte, hörte sie gern wieder von ihm. Kein anderer konnte diese beiden Wörter aussprechen wie er, so würdig und gewichtig. Es schien ein feierlicher Moment zu sein, schien an die Tür des Schicksals zu pochen, hinter der alle Tage, glückliche und andere, verborgen waren. Niel trank seinen Wein mit angenehmem Schaudern und dachte, nichts lasse das Leben so ungewiß, die Zukunft so dunkel und unauslotbar erscheinen wie jener von dem massigen Mann ausgebrachte Trinkspruch, «Glückliche Tage!»

Mrs. Ogden wandte sich dem Gastgeber mit ihrem schmachtendsten Lächeln zu: «Captain Forrester, erzählen Sie doch Constance» – (Sie stammte aus Ost-Virginia, und in Wirklichkeit sagte sie, «Cap'n Forrester, erzääählen Sie doooch» und so weiter. Sie rollte ihre Vokale ähnlich wie ihre Augen.) – «erzählen Sie doch Constance, wie Sie dieses liebliche Fleckchen Erde gefunden haben, damals in den Indianerzeiten.»

Der Captain sah zwischen den Kerzen die Tafel hinunter zu Mrs. Forrester, als wollte er sie befragen. Sie lächelte und nickte, und ihre schönen Ohrringe schwangen neben ihren blassen Wangen. Heute abend trug sie ihre Diamanten und ein schwarzes Samtkleid. Ihr Mann hatte antiquierte Ansichten über Juwelen; ein Mann kaufte sie seiner Frau als Anerkennung dessen, was er nicht geziemend ausdrücken konnte. Sie mußten kostspielig sein; sie mußten bezeugen, daß er in der Lage war, sie zu kaufen, und seine Frau wert, sie zu tragen.

Mit ihrer Zustimmung begann der Captain seine Erzählung: einen lapidaren Bericht, wie er als Junge, nachdem er im Bürgerkrieg gedient hatte, in den Westen gekommen war und Arbeit als Fahrer für eine Speditionsgesellschaft angenommen hatte, die Güter durch die Prärie von Nebraska City nach Cherry Creek brachte, wie Denver damals hieß. Die Fuhrleute verloren jedes Gespür für die Wochen- und Monatstage, nachdem sie in das sechshundert Meilen breite Grasmeer aufgebrochen waren. Ein Tag war wie der andere, und alle waren herrlich; gute Jagd, viele Antilopen und Büffel, unendlich strahlender Himmel, unendliche Ebenen mit wogendem Gras, langen Süßwasserlagunen, gelb von Lagunenblumen, wie die Bisons auf ihren Wanderungen haltmachten zum Trinken, Baden und Suhlen.

«Ein ideales Leben für einen jungen Mann», sagte der Captain. Einmal, als er wegen einer Auswaschung vom Pfad abgehen mußte, ritt er auf Erkundung südwärts und fand ein Indianerlager in der Nähe des Sweet Water, auf eben dem Hügel, wo jetzt sein Haus stand. Er war, sagte er, «vom Ort sehr angetan», und beschloß, eines Tages dort ein Haus zu haben. Er schnitt eine junge Weide und trieb den Stecken in den Boden, um die Stelle zu markieren, an der er bauen wollte. Er ging fort und kam viele Jahre nicht zurück; inzwischen half er, die erste Eisenbahn durch die Prärie zu legen.

«Es gab Leute, die auf mich angewiesen waren», sagte er. «Ich hatte mit Krankheit zu kämpfen und hatte Verantwortung. Aber in all den Jahren verging wohl kaum ein Tag, an dem ich nicht an Sweet Water und diesen Hügel dachte. Als ich in jungen Jahren hierherkam, hatte ich es in Gedanken etwa so geplant, wie es heute ist; wo ich meinen Brunnen graben und wo ich mein Wäldchen und meinen Obstgarten pflanzen würde. Ich hatte vor, ein Haus zu bauen, in das meine Freunde kommen könnten, mit einer Frau wie Mrs. Forrester, damit sie gern kommen. Ich schwor mir, daß ich es eines Tages schaffen würde.» Diesen Teil der Geschichte erzählte der Captain nicht verlegen, aber zurückhaltend, knackte dabei geistesabwesend Walnüsse mit seinen kräftigen Fingern und häufte einen kleinen Vorrat Kerne neben seinen Teller. Seine Freunde verstanden, daß er an seine erste Ehe dachte, mit der armen kränklichen Frau, die niemals glücklich war und ihn hatte schuften lassen.

«Als alles am hoffnungslosesten aussah», fuhr er fort, «kam ich einmal hierher zurück und kaufte das Land von der Bahngesellschaft. Sie nahmen mein Gebot an. Ich fand meinen Weidenstecken – er hatte Wurzeln geschlagen und war zu einem Baum ausgewachsen – und ich pflanzte noch drei dazu, um die Ecken meines Hauses zu markieren. Zwölf Jahre später kam Mrs. Forrester mit mir hierher, kurz nach unserer Hochzeit, und wir bauten unser Haus.» Captain Forrester schnaufte hin und wieder, aber sein klarer Bericht forderte Aufmerksamkeit. Die Art, wie er seine schmucklosen Sätze vorbrachte, verlieh ihnen die Nachdrücklichkeit in Stein gemeißelter Inschriften.

Mrs. Forrester nickte ihm von ihrem Tischende zu. «Und nun erzählt uns deine Lebensphilosophie – hier gehört sie hin», lachte sie neckend.

Der Captain hustete und machte ein verlegenes Gesicht. «Ich wollte das heute abend auslassen. Ein paar von unseren Gästen haben sie schon gehört.»

«Nein, nein. Sie gehört zum Schluß der Geschichte, und wenn einige von uns sie schon gehört haben, können wir sie doch noch einmal hören. Mach weiter!»

«Also gut, es ist meine Philosophie, daß man alles bekommt, was man Tag für Tag durchdenkt und plant, sozusagen trotz seiner selbst. Man wird es mehr oder weniger bekommen. Es sei denn, man gehört zu denen, die in dieser Welt gar nichts bekommen. Es gibt solche Leute. Ich habe zu lange in Bergwerken und Baulagern gelebt, um das nicht zu wissen.» Er hielt inne, als müsse dieses Kapitel, auch wenn es zu dunkel war, um darauf einzugehen, seinen Augenblick schweigender Anerkennung haben. «Wenn ihr nicht zu denen gehört, Constance und Niel, werdet ihr erreichen, wovon ihr am meisten träumt.»

«Und warum? Das ist so interessant daran», spornte seine Frau ihn an.

«Weil», er raffte sich aus seiner Abwesenheit auf und sah in die Runde, «weil etwas, das so geträumt wird, wie ich es meine, schon eine vollendete Tatsache ist. Unser ganzer großer Westen wurde aus solchen Träumen entwickelt: den Träumen der Siedler, der Schürfer und der Bauunternehmer. Wir träumten die Eisenbahnen über die Berge, so wie ich mein Anwesen am Sweet Water. All dies wird für die kommende Generation alltäglich sein, aber für uns ...» Captain Forrester schloß mit einer Art Grunzen. Etwas Abweisendes war in seine Stimme gekommen, der einsame, trotzige Ton, den man oft in den Stimmen alter Indianer hört.

Mrs. Ogden hatte der Geschichte mit solcher Anteilnahme zugehört, daß Niel sie noch mehr mochte, und sogar die zerstreute Constance schien der Erzählung ihre Aufmerksamkeit geschenkt zu haben. Sie erhoben sich vom Dessert und gingen in den Salon, um die Kartentische herzurichten. Der Captain spielte Whist so gut wie eh und je. Als er eine Kiste seiner besten Zigarren hervorgeholt hatte, blieb er vor Mrs. Ogden stehen und sagte: «Stört Sie der Rauch, Mrs. Ogden?» Als sie beteuerte, dem sei nicht so, ging er durch das Zimmer zu Constance, die mit Ellinger redete, und fragte mit derselben ernsten Höflichkeit: «Stört Sie der Rauch, Constance?» Wäre ein halbes Dutzend Frauen dagewesen, hätte er wahrscheinlich jeder die Frage gestellt, und mit denselben Worten. Ihn störte es nicht, einen Satz zu wiederholen. Wenn ein

Ausdruck seinem Zweck entsprach, sah er keinen Grund, ihn zu ändern.

Mrs. Forrester und Mr. Ogden sollten gegen Mrs. Ogden und den Captain spielen. «Constance», sagte Mrs. Forrester, als sie sich setzte, «spielen Sie bitte mit Niel? Man hat mir gesagt, er sei sehr gut.»

Miss Ogdens kurze Nase zuckte hoch, die Falten zu beiden Seiten vertieften sich, und sie sah wieder beleidigt aus. Niel war überzeugt, daß sie ihn verabscheute. Er wollte sich von ihr nicht kleinkriegen lassen.

«Miss Ogden», sagte er, als er neben seinem Stuhl stand und bedächtig ein Kartenspiel mischte, «mein Onkel und ich sind gewohnt, zusammen zu spielen, und wahrscheinlich sind Sie es gewohnt, mit Mr. Ellinger zu spielen. Wollen wir es nicht mit dieser Kombination versuchen?»

Sie warf ihm unter ihren gelben Wimpern einen kurzen, argwöhnischen Blick zu und ließ sich in einen Stuhl fallen, ohne ihm auch nur zu antworten. Frank Ellinger kam aus dem Eßzimmer, wo er den französischen Brandy des Captains probiert hatte, und setzte sich auf den leeren Platz Miss Ogden gegenüber. «Also Sie und ich, Connie? In Ordnung!» rief er aus und hob vom Päckchen ab, das Niel ihm zugeschoben hatte.

Kurz vor Mitternacht öffnete Black Tom die Tür und verkündete, der Eierpunsch sei fertig. Die Kartenspieler gingen ins Eßzimmer, wo die dampfende Punschschüssel auf dem Tisch stand.

«Constance», sagte Captain Forrester, «können Sie

singen? Ich höre gern zum Punsch eins von den alten Liedern.»

«Es tut mir leid, Captain Forrester. Ich habe wirklich keine Stimme.»

Niel bemerkte, daß Constance immer die Stimme erhob, wenn sie mit dem Captain sprach, obwohl der keineswegs schwerhörig war. Er warf rasch in ihre Weigerung ein: «Onkel kann ein Lied anfangen, wenn Sie ihm gut zureden, Sir.»

Nachdem Richter Pommeroy seinen silbernen Backenbart geglättet und sich geräuspert hatte, stimmte er «Auld Lang Syne» an. Die anderen fielen ein, waren aber noch nicht damit zu Ende gekommen, als ein hohles Rumpeln unten auf der Brücke sie zum Lachen brachte, und alle liefen an die Vorderfenster, um zuzusehen, wie des Richters Beerdigungskutsche, an der nur eine Seitenlaterne brannte, den Hügel herauftorkelte. Mrs. Forrester schickte Tom mit einem Drink für den Kutscher hinaus. Während Niel und sein Onkel in der Diele die Mäntel anzogen, trat sie zu ihnen und flüsterte dem Jungen eindringlich zu: «Denk daran, du kommst morgen um zwei herüber? Ich möchte ausfahren und hätte gern, daß du Constance an meiner Stelle unterhältst.»

Niel biß sich auf die Lippen und sah in Mrs. Forresters lachende, beschwörende Augen. «Für Sie werde ich es tun, aber das ist der einzige Grund», sagte er drohend.

«Ich verstehe, für mich! Ich werde es dir hoch anrechnen.»

Der Richter und sein Neffe rollten auf wippenden

Wagenfedern davon. Die Ogdens zogen sich nach oben in ihre Zimmer zurück. Mrs. Forrester ging, um ihrem Mann aus dem Gehrock zu helfen, und hängte ihn für ihn weg. Seit seiner Verletzung mußte er nachts auf hohe Kissen gebettet werden und schlief auf einem schmalen Eisenbett in dem Alkoven, der früher das Ankleidezimmer seiner Frau gewesen war. Beim Auskleiden atmete er schwer und seufzte, als sei er sehr müde. Er hantierte ungeschickt mit seinen Hemdknöpfen, blies sich dann auf die Finger und versuchte es noch einmal. Seine Frau kam ihm zu Hilfe und knöpfte rasch alles auf. Er dankte ihr nicht mit Worten, ließ es sich aber gern gefallen.

Als das Eisenbett unter seinem schweren Körper ächzte, rief sie aus dem großen Schlafzimmer «Gute Nacht, Mr. Forrester», und zog die schweren Vorhänge zu, die den Alkoven abschlossen. Sie nahm ihre Ringe und Ohrringe ab und fing an, ihre schwarze Samttaille zu öffnen, als ein Gläserklirren draußen sie plötzlich einhalten ließ. Sie hakte die Schulter des Kleides wieder zu und ging ins Eßzimmer, das jetzt vom Kohlenfeuer des hinteren Salons schwach erleuchtet war. Frank Ellinger stand bei der Anrichte und trank ein letztes Glas. Der französische Brandy der Forresters war alt und schwer wie ein Herzmittel.

«Sei vorsichtig», flüsterte sie, als sie auf ihn zukam, «ich habe das sichere Gefühl, daß jemand auf der Innentreppe ist. Die Tür hat einen breiten Spalt. Oh, und Kätzchen haben heutzutage Krallen! Schenk mir ein klein wenig ein. Danke. Ich trinke meinen drinnen am Feuer.»

Er folgte ihr ins Nebenzimmer, wo sie am Kamin stand und ihn im Licht der mattblauen Flammen ansah, die über die frisch aufgelegten Kohlen züngelten.

«Du hast reichlich viel Brandy getrunken, Frank», sagte sie und prüfte sein gerötetes, herrisches Gesicht.

«Nicht zu viel. Ich werde ihn brauchen... heute nacht», antwortete er bedeutungsvoll.

Sie strich nervös eine Locke zurück, die sich etwas gelöst hatte. «Es ist nicht heute nacht. Es ist Morgen. Geh zu Bett und schlaf so lange du willst. Sieh dich vor, ich habe Seidenstrümpfe auf der Treppe gehört. Gute Nacht.» Sie legte die Hand auf seinen Rockärmel. Die weißen Finger hafteten am schwarzen Tuch wie Papierfetzen an magnetisiertem Eisen. Ihre Berührung, so sanft sie war, ging dem Mann durch und durch. Seine breiten Schultern hoben sich mit einem tiefen Atemzug. Er sah zu ihr herab.

Sie senkte die Augen. «Gute Nacht», sagte sie schwach. Als sie sich rasch abwandte, verfing sich die Schleppe ihres Samtkleides an seinem Hosenbein und rieb knisternd und funkensprühend daran entlang. Beide fuhren zusammen. Sie standen und sahen sich einen Augenblick an, bevor sie durch die Tür schlüpfte. Ellinger blieb neben dem Kamin, die Arme fest über der Brust gekreuzt, die geschwungenen Lippen zusammengepreßt, und blickte stirnrunzelnd ins Feuer.

5

Niel ging am nächsten Nachmittag den Hügel hinauf, als der Schlitten mit den beiden schwarzen Ponys gerade bimmelnd in die Einfahrt bog und vor dem Haupteingang hielt. Mrs. Forrester kam zur Schlittenfahrt gekleidet auf die Veranda. Ellinger folgte ihr in einem langen pelzbesetzten Mantel mit auffälligen Schnürverschlüssen und einem glänzenden Astrachankragen. Er sah sogar noch stattlicher und kraftstrotzender aus als am Vorabend. Sein hochrotes Gesicht unter dem Mützenrand strahlte Zufriedenheit mit sich und der Welt aus.

Mrs. Forrester rief Niel fröhlich zu: «Wir fahren hinunter zum Sweet Water, Zedernzweige für Weihnachten schneiden. Leistest du Constance Gesellschaft? Sie ist wohl ein bißchen enttäuscht, daß sie hierbleiben muß, aber wir können den großen Schlitten nicht nehmen – die Deichsel ist gebrochen. Sei nett zu ihr. Braver Junge!» Sie drückte ihm die Hand, schenkte ihm ein bedeutungsvolles, zutrauliches Lächeln und stieg in den Schlitten. Ellinger sprang neben ihr auf, und sie glitten unter dem lustigen Bimmeln der Schlittenglöckchen den Hügel hinunter.

Niel fand Miss Ogden im hinteren Salon, wo sie am Feuer Patiencen legte. Sie war offensichtlich verstimmt.

«Kommen Sie herein, Mr. Herbert. Ich finde, sie hätten uns mitnehmen können, Sie nicht? Ich möchte selbst auch den Fluß sehen. Ich kann es nicht ausstehen, im Haus eingesperrt zu sein!»

«Dann gehen wir doch hinaus. Würden Sie sich nicht gern die Stadt ansehen?»

Constance schien ihn nicht zu hören. Sie rümpfte ihre kurze Nase, und die ruhelosen Falten um ihren Mund bebten. «Was hindert uns daran, einen Mietschlitten zu nehmen und zum Sweet Water hinunterzufahren? Ich nehme nicht an, daß der Fluß Privatbesitz ist?» Sie stieß ein nervöses, verärgertes Lachen aus und sah Niel erwartungsvoll an.

«Wir könnten um diese Zeit überhaupt nichts bekommen. Die Mietgespanne sind alle unterwegs», sagte er bestimmt.

Constance warf ihm einen argwöhnischen Blick zu, setzte sich dann an den Kartentisch, beugte sich darüber und zog ihre molligen Schultern zusammen. Ihr weiches blondes Haar war, gehalten von schmalen schwarzen Samtbändern, wie ein Schal um ihren Kopf gewunden.

Die Ponys hatten den zweiten Bach überquert und trabten die Straße zum Fluß hinunter. Mrs. Forrester gab ihren Gefühlen mit einem boshaften Lachen Ausdruck. «Läuft sie hinter uns her? Wieso dachte sie, daß sie mitkommen könnte? Was für eine Erleichterung, sie loszuwerden!» Sie hob das Kinn und schnupperte die Luft. Der Tag war grau, ohne Sonne, und die Luft war still und trocken, eine warme Kälte. «Der arme Mr. Ogden», fuhr sie fort, «er ist so viel lebhafter ohne seine Ladies! Sie ersticken ihn fast. Bist du jetzt nicht froh, daß du nie geheiratet hast?»

«Natürlich bin ich froh, daß ich nie eine häßliche Frau geheiratet habe. Wieso tut das ein Mann überhaupt? Sie hatte kein Geld, er immer – oder war nahe dran.»

«Na ja, morgen sind sie weg. Und Connie! Du hast sie in einen Zustand der Verblödung versetzt, wirklich! Was für ein Nachmittag wird das für Niel!» Sie lachte, als würde die Vorstellung seiner mißlichen Lage sie entzücken.

«Wer ist dieser Junge überhaupt?» Ellinger bat sie, kurz die Zügel zu übernehmen, während er eine Zigarette aus der Tasche zog. «Er ist ein bißchen steif. Macht er sich nützlich?»

«Oh, er ist ein netter Junge, hier gestrandet wie wir alle. Ich erziehe ihn dazu, sehr nützlich zu sein. Er verehrt Mrs. Forrester. Sieht gut aus, findest du nicht?»

«Geht so.» Sie bogen in einen Seitenweg, der sich am Sweet Water entlangwand. Ellinger zügelte die Ponys ein wenig und schlug seinen hohen Astrachankragen zurück. «Laß dich ansehen, Marian.»

Mrs. Forrester hielt sich den Muff vor das Gesicht, um die Schneeklümpchen abzufangen, die von den Ponys hochgeschleudert wurden. Sie warf ihm einen Seitenblick zu. «Nun?» sagte sie mit leichtem Spott.

Er nahm ihren Arm und ließ sich tief in den Schlitten zurücksinken. «Du solltest mich etwas direkter ansehen. Ich habe dich verdammt lange nicht mehr gesehen.»

«Vielleicht zu lange», murmelte sie. Das spöttische

Funkeln in ihren Augen ließ unter dem anhaltenden Druck seines Arms merklich nach. «Ja, es war zu lange», gab sie leise zu.

«Du hast den Brief nicht beantwortet, den ich dir am elften geschrieben habe.»

«Nein? Jedenfalls habe ich dein Telegramm beantwortet.» Sie wandte den Kopf ab, als sein Gesicht näherkam. «Du mußt wirklich auf die Ponys achten, mein Lieber, sonst befördern sie uns in den Schnee.»

«Das ist mir egal. Ich wünschte, sie würden!» sagte er zwischen zusammengepreßten Zähnen. «Warum hast du meinen Brief nicht beantwortet?»

«Ach, ich weiß nicht mehr! Du schreibst ja nicht so viele.»

«Das ist unbefriedigend. Du läßt mich keine Liebesbriefe schreiben. Du sagst, es sei riskant.»

«Das ist es auch, und töricht. Aber jetzt brauchst du nicht so vorsichtig zu sein. Nicht zu vorsichtig!» Sie lachte leise. «Wenn ich einen ganzen Winter lang weit weg auf dem Land allein bin und älter werde, lasse ich mich gern ...», sie legte ihre Hand auf seine, «an erfreulichere Dinge erinnern.»

Ellinger zog seinen Handschuh mit den Zähnen ab. In seinen Augen, die über die gewundene Straße und die niedrigen schneebedeckten Böschungen schweiften, lag etwas Wölfisches.

«Sei vorsichtig, Frank. Meine Ringe! Du tust mir weh!»

«Warum hast du sie dann nicht abgenommen? Früher

hast du das getan. Sind das deine Zedern, sollen wir hier halten?»

«Nein, nicht hier.» Sie sprach sehr leise. «Die besten sind weiter weg, in einer tiefen Schlucht, die sich in die Hügel zurückwindet.»

Ellinger warf einen Blick auf ihren abgewandten Kopf, und um einen Winkel seiner schweren Lippen zuckte ein Lächeln. Der Ton ihrer Stimme hatte sich verändert, und er kannte die Veränderung. Sie glitten wortlos die Kurven der gewundenen Straße entlang. Mrs. Forrester saß mit vorgebeugtem Kopf, das Gesicht halb im Muff verborgen. Schließlich sagte sie ihm, er solle halten. Rechts von der Straße sah er ein Dickicht. Dahinter schlängelte sich ein ausgetrockneter Wasserlauf die Böschungen hinab. Die Wipfel der dunklen stillen Zedern, die von der Straße aus gerade noch sichtbar waren, zeigten seine Windungen an.

«Bleib sitzen», sagte er, «während ich die Pferde ausspanne.»

Als die blauen Schatten der nahenden Dämmerung allmählich über den Schnee fielen, stieß einer der Blum-Jungen, der auf der Suche nach Kaninchen leise durch das Gehölz strich, auf den leeren Schlitten und die beiden ungeduldig stampfenden Ponys, die in der Nähe angebunden waren. Adolph schlüpfte ins Dickicht zurück und legte sich hinter einen umgestürzten Baumstamm, um zu sehen, was sich ereignen würde. Für ihn ereignete sich nie viel, abgesehen vom Wetter.

Kurz darauf hörte er leise Stimmen, die sich aus der Schlucht näherten. Der große Fremde, der bei den Forresters zu Besuch war, tauchte auf und trug die Büffelfelle unter einem Arm. Mrs. Forrester selbst hielt sich am anderen fest. Sie gingen langsam, völlig in das vertieft, was sie sich sagten. Als sie zum Schlitten heraufkamen, breitete der Mann die Felle auf den Sitz und legte die Hände unter Mrs. Forresters Arme, um sie hineinzuheben. Aber er hob sie nicht hoch. Er hielt sie lange gegen seine Brust gepreßt, ihr Gesicht in seinem schwarzen Mantel verborgen.

«Was ist mit den verdammten Zedernzweigen?» fragte er, nachdem er sie in den Schlitten gesetzt und zugedeckt hatte. «Soll ich zurückgehen und ein paar schneiden?»

«Es ist egal», murmelte sie.

Er griff unter den Sitz nach einer Axt und ging in die Schlucht zurück. Mrs. Forrester saß da mit geschlossenen Augen, das Gesicht auf den Muff gebettet, ein leises, sanftes Lächeln auf den Lippen. Die Luft war still und blau. Der Blum-Junge konnte sie fast atmen hören. Als die Axtschläge aus der Schlucht drangen, konnte er ihre Augenlider flattern sehen... leise Schauer durchliefen ihren Körper.

Der Mann kam zurück und warf die immergrünen Zweige in den Schlitten. Als er neben ihr eingestiegen war, schob sie ihm die Hand unter den Arm und schmiegte sich an ihn. «Fahr langsam», murmelte sie, als würde sie im Schlaf sprechen. «Es ist egal, wenn wir zu spät zum Essen kommen. Alles ist egal.» Die Ponys trabten los.

Der blasse Blum-Junge erhob sich hinter seinem Baumstamm und folgte den Spuren in die Schlucht. Als der orangefarbene Mond über den Klippen aufging, saß er immer noch unter den Zedern, sein Gewehr auf den Knien. Während Mrs. Forrester dort im Schlitten mit geschlossenen Augen gewartet hatte und sich so sicher fühlte, hätte er sie fast mit der Hand berühren können. Er hatte sie noch nie so gesehen, ihre leicht spöttischen Augen und ihre lebhafte Art nicht zwischen sich und der ganzen Welt. Wenn es jetzt Thad Grimes gewesen wäre, der hinter dem Baumstamm lag, oder Ivy Peters?

Aber bei Adolph Blum waren ihre Geheimnisse in Sicherheit. Sein Denken war feudalistisch: Die Reichen und Glücklichen waren auch die Privilegierten. Diese heißblütigen, raschatmigen Leute riskierten etwas – folgten Impulsen, die einem jahrein, jahraus durchnäßten und wettergegerbten Jungen nur schwer verständlich waren; einem Jungen, der im Schlamm watete und Katzenwelse angelte oder in der Marsch Wildenten auflauerte. Mrs. Forrester war sich nie zu fein gewesen, ihm zuzulächeln, wenn er mit seinem Fisch an die Hintertür kam. Sie feilschte nie um den Preis. Sie behandelte ihn wie ein menschliches Wesen. Seine kleinen Unterhaltungen mit ihr, ihr Lächeln und Nicken, wenn sie auf der Straße an ihm vorbeiging, gehörten zu seinen schönsten Erinnerungen. Sie kaufte ihm in der Schonzeit Wild ab und verriet ihn nicht.

6

In diesem Winter, dem ersten, den Mrs. Forrester je im Haus auf dem Hügel verbracht hatte, lernte Niel sie sehr gut kennen. Für die Forresters war dieser Winter eine Art Übergang von einer Gesellschaftsschicht in die andere. Kurz darauf änderten sich ihre Vermögensverhältnisse. Und für Niel war es ein natürlicher Wendepunkt, denn im Herbst war er neunzehn und im Frühjahr zwanzig – ein sehr großer Unterschied.

Als die Weihnachtsfeiern vorbei waren, wurden die Whistabende zur festen Einrichtung. Dreimal wöchentlich trafen sich Richter Pommeroy und sein Neffe abends mit den Forresters zum Kartenspiel. Manchmal gingen sie früh hinüber und aßen dort zu Abend. Manchmal blieben sie nach dem letzten Rubber zu einem späten Imbiß. Niel, der mit seinem Junggesellenleben so zufrieden war und beschlossen hatte, nie da zu wohnen, wo Frauen alles kontrollierten, entdeckte allmählich die Vorzüge eines gutgeführten Haushalts, die Tafelfreuden, die weichen Sessel und weichen Lichter und die freundlichen Stimmen im Haus der Forresters. An eisigen, windigen Abenden, wenn er in seinem blauen Lieblingssessel vor dem Kamin saß, fragte er sich, wie er es schaffen würde, in die Dunkelheit draußen einzutauchen und die lange gefrorene Landstraße und die tote Straße der Stadt hinaufzulaufen. Captain Forrester experimentierte in jenem Winter mit Zwiebelgewächsen und hatte ein kleines verglastes Treibhaus an der Südseite des Hauses vor dem hinteren Salon angebaut. Den Januar und Februar hindurch war das Haus voller Narzissen und Hyazinthen, deren schwerer Frühlingsduft zur verführerischen Behaglichkeit der Kaminecke beitrug.

Wo Mrs. Forrester war, da war Langeweile unmöglich, glaubte Niel. Der Charme ihrer Unterhaltung lag nicht so sehr in dem, was sie sagte, obwohl sie häufig geistreich war, sondern im raschen Erkennen ihrer Augen, in der Lebhaftigkeit ihrer Stimme selbst. Man konnte mit ihr über die trivialsten Dinge reden und dann in gehobener Stimmung fortgehen. Das ganze Geheimnis basierte seiner Meinung nach darauf, daß sie nicht anders konnte, als sich für Menschen zu interessieren. Wenn Mr. Ogden oder Mr. Dalzell nicht da waren, um sie mit ihren besten Geschichten zu unterhalten, dann konnte sie sich über Ivy Peters' ungehobelte Manieren belustigen oder die zärtlichen Komplimente des alten Elliott, wenn er ihr ein Paar Winterschuhe verkaufte. Sie hatte eine faszinierende Nachahmungsgabe. Wenn sie den fetten Eismann erwähnte oder Thad Grimes an seiner Fleischerbank oder die Blum-Jungen mit ihren toten Kaninchen, ließ sie diese durch eine Anspielung auf ihr Verhalten individueller und lebendiger erscheinen, als sie in eigener Gestalt waren. Oft karikierte sie Menschen vor deren Augen, und sie fühlten sich nicht gekränkt, sondern höchst geschmeichelt. Nichts war angenehmer, als ihr Lachen hervorzurufen. Dann hatte man das Gefühl, sich mit ihr gut zu verstehen. Es war ihre Form des Kommentars, der Zustimmung und der Würdigung, wenn man etwas Interessantes sagte – und es sagte einem oft sehr viel, das sowohl zu direkt als auch zu vage für Worte war.

Viel, viel später, als Niel nicht wußte, ob Mrs. Forrester lebte oder tot war und ihr Bild in seinen Gedanken aufblitzte, kam es mit einem Leuchten dunkler Augen, ihren blassen, schmalen Wangen mit langen Ohrringen und ihrem nuancenreichen Lachen. Wenn er lustlos war, lustlos und alles satt hatte, dann dachte er oft, könnte er nur jenes lang verlorene Frauenlachen wiederhören, dann könnte er heiter sein.

Der große Wintersturm kam in dem Jahr spät. Er fegte am ersten Märztag über Sweet Water und umtoste drei Tage und Nächte die Stadt. Fast ein Meter Schnee fiel, und der schneidende Wind blies ihn zu wirbelnden Verwehungen auf. Die Forresters waren eingeschneit. Ben Keezer, ihr Faktotum, versuchte erst gar nicht, den Weg befahrbar zu machen oder sogar selbst zur Stadt hinüberzukommen. Am dritten Tag ging Niel zum Postamt, holte den ledernen Postsack des Captains mit seinen angesammelten Briefen und machte sich auf, den Bach zu überqueren, wobei er bis zur Mitte, manchmal bis zu den Achseln in Schneewehen versank. Die Zäune an der Straße waren vom Schnee zugedeckt, aber er bahnte sich seinen Weg, indem er sich zwischen den beiden Pappelreihen hielt. Als er schließlich die vordere Veranda erreichte, kam Captain Forrester an die Tür und ließ ihn herein.

«Freut mich, dich zu sehen, mein Junge, freut mich

sehr. Es war ein bißchen einsam für uns. Es muß harte Arbeit gewesen sein herüberzukommen. Ich bin wirklich dankbar. Komm zum Wohnzimmerfeuer und trockne dich. Wir werden uns in Ruhe unterhalten. Mrs. Forrester ist nach oben gegangen und hat sich hingelegt. Sie hat über Kopfschmerzen geklagt.»

Niel stand in seinen Gummistiefeln vor dem Feuer und trocknete seine Hose. Der Captain setzte sich nicht, sondern öffnete die Glastür zu seinem kleinen Treibhaus.

«Ich muß dir etwas Hübsches zeigen, Niel. Alle meine Hyazinthen kommen gleichzeitig, sämtliche Regenbogenfarben. Die römischen Hyazinthen, muß ich sagen, gehören Mrs. Forrester. Sie scheinen ihr zu gefallen.»

Niel ging zur Tür und betrachtete mit lebhafter Freude die frischen, feuchten Blüten. «Ich habe befürchtet, Sie würden sie bei diesem bitterkalten Wetter verlieren, Captain.»

«Nein, diese Dinger können eine ganze Menge Kälte vertragen. Sie haben uns Gesellschaft geleistet.» Er sah durch das Glas auf das zugewehte Gebüsch hinaus. Niel gefiel es, wenn er seinen Besitz betrachtete. «My home is my castle», schien sein Blick zu sagen. «Ben sagt, die Kaninchen seien zur Scheune heraufgekommen, um Heu zu fressen, alles Grüne sei zugeschneit. Ich habe ihn ein paar Kohlköpfe für sie hinauswerfen lassen, damit sie nicht leiden. Mrs. Forrester war jeden Tag auf der Veranda und hat die Schneeammern gefüttert», fuhr er fort, als spräche er zu sich selbst.

Die Tür zur Treppe öffnete sich, und Mrs. Forrester

kam in ihrem japanischen Morgenrock herunter. Sie sah sehr blaß aus. Die dunklen Schatten unter ihren Augen schienen auf Schlaflosigkeit hinzudeuten.

«Oh, es ist Niel! Wie nett von dir. Und du hast die Post gebracht. Sind Briefe für mich dabei?»

«Drei. Zwei aus Denver und einer aus Kalifornien.» Ihr Mann gab sie ihr. «Hast du geschlafen, Maidy?»

«Nein, aber geruht. Es ist wunderbar oben im Westzimmer, der Wind singt und pfeift über den Dachrand. Wenn ihr mich entschuldigt, werde ich mich anziehen und einen Blick in meine Briefe werfen. Geh näher ans Feuer, Niel. Bist du sehr naß?»

Als sie neben ihm stehenblieb, um seine Kleidung zu befühlen, bemerkte er einen scharfen Alkoholgeruch. War sie krank, fragte er sich, oder nur so gelangweilt, daß sie versucht hatte, sich zu betäuben?

Als sie zurückkam, hatte sie sich angezogen und die Haare frisch frisiert.

«Mrs. Forrester», sagte der Captain in eifrig besorgtem Ton, «ich glaube, ich hätte heute Nachmittag gern etwas Tee und Toast wie deine englischen Freunde, und es wäre auch gut für deinen Kopf. Wir werden Niel sonst nichts anbieten.»

«Sehr gut. Mary hat sich mit Zahnschmerzen ins Bett gelegt, aber ich werde den Tee machen. Niel kann hier am Feuer den Toast zubereiten, während du deine Zeitung liest.»

Sie war jetzt heiter, band Niel eine von Marys Schürzen um den Hals und setzte ihn mit der Toastgabel hin. Er bemerkte, daß Captain Forrester während seiner Zeitungslektüre mit einer gewissen Wachsamkeit ein Auge auf die Anrichte hatte, und als seine Frau das Tablett mit Tee und ohne Sherry brachte, schien er sehr erfreut. Er trank drei Tassen und nahm eine zweite Scheibe Toast.

«Du siehst, Mr. Forrester», sagte sie unbeschwert, «Niel hat meinen Appetit zurückgebracht. Ich habe heute nicht zu Mittag gegessen», zum Jungen gewandt, «ich bin zu lange eingesperrt gewesen. Gibt es etwas in den Zeitungen?»

Das hieß, gab es irgendwelche Nachrichten über die Leute, die sie kannten. Der Captain setzte seine Brille mit Silberrahmen wieder auf und las vor, was ihre Freunde in Denver und Omaha und Kansas City trieben. Mrs. Forrester saß auf einem Stuhl am Feuer, aß Toast und machte humorvolle Bemerkungen über die Anlässe dieser feierlichen Artikel; die Verlobung von Miss Erma Salton-Smith etc.

«Endlich, Gott sei Dank! Du erinnerst dich an sie, Niel. Sie war hier. Ich glaube, du hast mit ihr getanzt.»

«Ich glaube, ich erinnere mich nicht. Wie ist sie?»

«Sie ist genau wie ihr Name. Erinnerst du dich nicht? Groß, sehr lebhaft, glitzernde Augen wie die vom Ancient Mariner?»

Niel lachte. «Mögen Sie keine glänzenden Augen, Mrs. Forrester?»

«Nein, nicht bei anderen!» Sie fiel so heiter in sein Lachen ein, daß der Captain mit einem Ausdruck der Zufriedenheit über seine Zeitung blickte. Er ließ das

Blatt langsam auf seine Knie sinken, saß da und betrachtete die beiden neben dem Kamin. Ihm erschienen sie etwa gleichaltrig. Er war es gewohnt, Mrs. Forrester für sehr, sehr jung zu halten.

Sie bemerkte, daß er nicht las. «Möchtest du, daß ich die Lampe anzünde, Mr. Forrester?»

«Nein, danke. Es ist sehr angenehm so.»

Es hatte inzwischen gedämmert. Sie hörten, wie Mary herunterkam und anfing, in der Küche zu hantieren. Der Captain mit seinen Hausschuhen im Feuerlicht und seinen schweren Schultern im Schatten schnarchte von Zeit zu Zeit. Als das Zimmer düster wurde, verwandelten sich die Fenster in Rechtecke aus klarem, bleichen Violett, und die Läden hörten auf zu rasseln. Der Wind erstarb mit dem Tag. Alles war still, wenn nicht gerade die böhmische Mary laut mit einem Topf klapperte. Mrs. Forrester flüsterte, sie sei schlecht gelaunt, weil ihr Schatz, Joe Pucelik, sie nicht besuchen gekommen sei. Sonntag war sein üblicher Abend, und Sonntag war der erste Tag des Schneesturms. «Wenn sie vernachlässigt wird, bekommt sie immer Zahnschmerzen!»

«Also, da ich es jetzt herübergeschafft habe, muß er schon auch kommen, sonst wird sie wütend.»

«Oh, er wird kommen!» Mrs. Forrester zuckte die Achseln. «Ich sehe nichts und höre nichts, aber ich bin sicher, sie entschädigt ihn für die Mühe!» Nach wenigen Augenblicken stand sie auf. «Komm», flüsterte sie, «Mr. Forrester schläft. Laß uns den Hügel hinunterlaufen, niemand wird uns aufhalten. Ich ziehe schnell meine

Überschuhe an. Keine Widerrede!» Sie legte ihre Finger auf seine Lippen. «Kein Wort! Ich kann dieses Haus keinen Moment länger ertragen.»

Sie schlüpften leise aus der Vordertür in die kalte Luft, die nach frisch gefallenem Schnee schmeckte. Ein heller Bogen von Blau und Rosa färbte den Westen über der begrabenen Stadt. Als sie den runden, fast kahlgewehten Hügelrand erreichten, hielt Mrs. Forrester für einen Moment inne, atmete tief und sah hinunter über die schneeverwehten Weiden und die steifen blauen Pappeln.

«Oh, es ist so trostlos!» murmelte sie. «Denk dir, wir müßten auch den ganzen nächsten Winter hierbleiben ... und den nächsten! Was wird aus mir, Niel?»

In ihrer Stimme war Angst, unverkennbares Entsetzen. «Weißt du, ich habe nichts zu tun. Ich habe keine Bewegung. Ich kann nicht Schlittschuh laufen. In Kalifornien gab es das nicht, und meine Knöchel sind schwach. Ich habe im Winter immer getanzt, in Colorado Springs wird viel getanzt. Du kannst dir nicht vorstellen, wie sehr mir das fehlt. Ich werde tanzen, bis ich achtzig bin ... Ich werde die Walzer tanzende Oma sein! Es ist gut für mich, ich brauche das.»

Sie stürzten sich hinunter in die Schneewehen und hielten erst an, als sie die Holzbrücke erreichten.

«Sieh, sogar der Bach ist zugefroren! Ich dachte, fließendes Wasser würde nie zufrieren. Wie lange wird es so sein?»

«Jetzt nicht mehr lange. In einem Monat sehen Sie, wie zuerst die Marsch grün wird und dann die Wiesen. Es ist wunderschön im Frühling. Und morgen werden Sie hinauskönnen, Mrs. Forrester. Es klart auf. Sehen Sie, da ist der Neumond!»

Sie wandte sich um. «Oh, ich habe ihn über die falsche Schulter gesehen!»

«Nein, stimmt nicht. Sie haben ihn über meine gesehen.»

Sie seufzte und nahm seinen Arm. «Mein lieber Junge, deine Schultern sind nicht breit genug.»

Sofort entstand vor seinen Augen das Bild eines sehr breiten, geradezu unverschämt breiten Schulterpaars, das in einem Mantel mit Schnürbesatz und Astrachankragen steckte. Es ärgerte ihn, daß diese dritte Person sich aufdrängte, während sie langsam den Hügel wieder hinaufgingen.

Seltsamerweise interessierte sie Niel am meisten als die Frau von Captain Forrester, und in ihrer Beziehung zu ihrem Mann bewunderte er sie am meisten. Trotz ihrer anderen bezaubernden Eigenschaften waren es ihr Verständnis für einen Mann wie den Eisenbahnbauer und ihre Treue zu ihm, die sie mehr als alles andere auszeichneten. Das war, fühlte er, Qualität, etwas das nie abgenutzt oder schäbig werden konnte, Damaszenerstahl. Das war die Grundlage seiner Bewunderung für Mrs. Forrester und, wie er fühlte, auch ihre Grundlage. Ihm gefielen die Geschichten, sogar die boshaften, über das lustige Leben, das sie in Colorado führte, und die jungen Männer, von denen sie sich jeden Winter umschwärmen ließ. Er dachte manchmal an das Leben, das sie hätte führen können, seit er sie kannte – und an das, welches sie gewählt hatte. Aus diesem Widerspruch entstand seiner Meinung nach der subtilste Reiz ihrer Faszination. Sie verspottete heftig die Anstandsformen, die sie selbst wahrte, und dadurch umgab sie ein Zauber von Widersprüchen.

7

An den Abenden, wenn bei den Forresters kein Whist gespielt wurde, saß Niel gewöhnlich in seinem Zimmer und las – aber keineswegs juristische Texte, wie von ihm erwartet wurde. Im letzten Winter, als die Forresters fort waren und ein öder Tag nach dem anderen sich dahinschleppte, war er auf eine reiche, fast unerschöpfliche Quelle der Zerstreuung gestoßen. Das hohe schmale Bücherregal im hinteren Büroraum zwischen den Doppeltüren und der Wand war von oben bis unten gefüllt mit Reihen feierlich aussehender Bücher in dunklem Leineneinband, die gesondert von der juristischen Bibliothek aufbewahrt wurden. Es war eine fast vollständige Sammlung von Bohns Klassikern, die Richter Pommeroy vor langer Zeit als Student an der Universität Virginia gekauft hatte. Er hatte sie in den Westen mitgenommen, nicht weil er viel darin las, sondern weil seinerzeit ein Gentleman solche Bücher eben in seiner Bibliothek hatte, wie Rotwein in seinem Keller. Darunter war eine dreibändige Byron-Ausgabe, und als letzten Winter Niel ein Zitat nicht erkannte, empfahl ihm sein Onkel, Byron zu lesen – alles bis auf den «Don Juan». Den, bemerkte der Richter mit klugem Lächeln, könne er «für später aufheben». Natürlich fing Niel mit «Don Juan» an. Dann las er «Tom Jones» und «Wilhelm Meister» und jagte weiter, bis er zu Montaigne und einer vollständigen Ovid-Übersetzung kam. Mit diesen beiden war er aber noch nicht fertig – griff nach anderen Experimenten immer wieder auf sie zurück. Ihm schien, daß diese Autoren ihr Geschäft verstünden. Sogar im «Don Juan» gab es ein paar «Spielereien», aber nicht bei diesen Herren.

Die Sammlung enthielt auch philosophische Werke, aber er öffnete sie nur und warf einen kurzen Blick hinein. Ihn interessierte nicht, was Männer gedacht hatten, aber um so mehr, was sie gefühlt und erlebt hatten. Hätte ihm jemand gesagt, dies seien Klassiker, welche die Weisheiten ganzer Zeitalter verkörperten, dann hätte er sie sicher nicht angerührt. Aber seit er sie entdeckt hatte, führte er ein Doppelleben mit all seinen schuldbeladenen Freuden. Er las die *Heroides* wieder und wieder und spürte, daß es die glühendsten Liebesgeschichten waren, die je erzählt wurden. Für ihn waren diese Bücher keine Erfindungen zum Zeitvertreib in Mußestunden, sondern Lebewesen, die mitten auf ihrem Weg festgehalten und ertappt werden – überrumpelt – jenseits ihrer irreführenden äußeren Strenge von Form und Ausdruck. Er belauschte die Vergangenheit, die vergeudet und geglitzert und üppig gesündigt hatte, lange bevor an die Kleinstädte des Westens auch nur zu denken war. Die Abende in der Versunkenheit neben der Lampe eröffneten ihm ein weites Gesichtsfeld, beeinflußten seine Auffassung von den Leuten um ihn, machten ihm bewußt, wie er sich die Gestaltung seiner Beziehungen zu diesen Leuten wünschte. Aus irgendeinem Grund brachte seine Lektüre ihn auf den Wunsch, Architekt zu werden. Hätte der Richter seine Bohn-Bibliothek in Kentucky zurückgelassen, wäre das Leben seines Neffen vielleicht anders verlaufen.

Endlich kam der Frühling, und das Forrester-Anwesen war nie so schön gewesen. Der Captain verbrachte lange glückliche Tage zwischen seinen blühenden Büschen, und seine Frau sagte gewöhnlich zu Besuchern, «Ja, Sie können Mr. Forrester gleich sprechen; ich schicke den englischen Gärtner, um ihn zu holen.»

Anfang Juni, als gerade die Rosen des Captains aufgingen, wurden seine angenehmen Arbeiten unterbrochen. Eines Morgens erreichte ihn ein alarmierendes Telegramm. Er schnitt es mit seiner Gartenschere auf, kam ins Haus und bat seine Frau, Richter Pommeroy anzurufen. Eine Bank, an der er sehr stark beteiligt war, hatte in Denver Bankrott gemacht. Am selben Abend fuhren der Captain und sein Anwalt mit dem Eilzug nach Westen. Als der Richter Niel letzte Anweisungen zu den Amtsgeschäften gab, sagte er ihm, er fürchte, der Captain würde sehr viel Geld verlieren.

Mrs. Forrester schien sich keiner Gefahr bewußt zu sein. Sie begleitete ihren Mann an die Bahn, sprach von seiner Unternehmung als bloßer «Geschäftsreise». Niel aber fühlte eine düstere Vorahnung. Er fürchtete, daß sie verarmen könnte. Sie gehörte zu den Leuten, die immer Geld haben sollten; jede Einschränkung ihres großzügigen Lebens wäre erdrückend für sie – wäre unpassend. Sie wäre in beschränkten Verhältnissen nicht mehr sie selbst.

Niel nahm seine Mahlzeiten im Hotel der Stadt ein. Am dritten Tag nach Captain Forresters Abreise fand er zu seinem Ärger Frank Ellingers Namen auf der Gästeliste. Ellinger erschien nicht zum Abendessen, was natürlich bedeutete, daß er mit Mrs. Forrester speiste und daß die Lady selbst für sein Essen sorgen würde. Sie hatte die Abwesenheit des Captains genutzt, die böhmische Mary eine Woche lang ihre Mutter auf der Farm besuchen zu lassen. Neil fand es sehr geschmacklos von Ellinger, nach Sweet Water zu kommen, während der Captain nicht da war. Er mußte wissen, daß es die Klatschmäuler in Gang setzen würde.

Niel hatte eigentlich an dem Abend Mrs. Forrester besuchen wollen, aber jetzt ging er statt dessen ins Büro zurück. Er las lange und schlief unruhig, nachdem er zu Bett gegangen war. Vor dem Morgengrauen weckte ihn das Schnaufen der Rangierlok unten am Lokomotivschuppen. Er versuchte, den Kopf unter die Decke zu stecken und wieder einzuschlafen, aber aus irgendeinem Grund erregte ihn das Geräusch des ausströmenden Dampfes. Er konnte das Gefühl nicht unterdrücken, daß Sommer war und die Morgendämmerung bald herrlich über der Forrester-Marsch aufflammen würde. Er war mit dem intensiven, seligen Sommergefühl erwacht, das Kinder manchmal im Bett überkommt. Er stand schnell auf und zog sich an. Er wollte zum Hügel hinüber, bevor Frank Ellinger, der noch im besten Zimmer des Wimbleton-Hotels schlief, seine unwillkommene Anwesenheit aufdrängen konnte.

Eine Anwandlung von Zuneigung und Beschützerdrang trieb Niel im Frühlicht die pappelgesäumte Straße hinauf – obwohl er sich dem Haus selbst nicht näherte, sondern an der zweiten Brücke über die Wiese abbog und weiter in Richtung Marsch ging. Der Himmel brannte in zartem Rosa und Silber einer wolkenlosen Sommerdämmerung. Die schweren, gebeugten Gräser durchnäßten ihn bis an die Knie. Über die ganze Marsch bildete tauumhülltes Bergkraut kühle Silberflächen, und die Sumpfwolfsmilch breitete ihre flachen himbeerfarbenen Büschel aus. Eine fast fromme Reinheit lag in der frischen Morgenluft, über dem Gras und den Blumen, auf denen der Frühtau glänzte. In allem Lebendigen war etwas Klares und Freudiges – wie der feuchte Morgenruf der Vögel, die sich in das makellose Blau aufschwangen. Vom safranfarbigen Osten her begann ein schwacher, gelber, weinartiger Sonnenschein die duftenden Wiesen und die schimmernden Wipfel des Wäldchens zu vergolden. Niel fragte sich, warum er nicht öfter hierherkam, um den Tag zu erblicken, ehe ihn Menschen und ihre Geschäftigkeit beschädigt hatten; während der Morgen noch unbefleckt war wie eine Gabe aus den Heldenzeitaltern.

Unter den Steilufern, welche die Marsch überragten, entdeckte er ein Dickicht von Wildrosen, deren flammende Knospen gerade aufgingen. Wo sie sich schon geöffnet hatten, leuchteten ihre Blütenblätter in jenem brennenden Rot, das bis zum Mittag immer verblaßt ist – eine Färbung aus Sonnenlicht und Morgen und Feuchtigkeit, so intensiv, daß sie unmöglich überdauern kann ... vergehen muß wie Ekstase. Niel zog sein Messer heraus und fing an, die starken, mit roten Dornen übersäten Zweige zu schneiden.

Er würde einen Strauß für eine wunderbare Lady pflücken, von den Wangen des Morgens gesammelt ... diese erst halberwachten Rosen, in der Wehrlosigkeit höchster Schönheit. Er würde sie vor einem der französischen Fenster ihres Schlafzimmers hinterlassen. Wenn sie die Läden öffnete, um das Licht hineinzulassen, würde sie sie finden – und sie würden ihr vielleicht einen plötzlichen Widerwillen gegen solche rohen Burschen wie Frank Ellinger einflößen.

Nachdem er seine Blumen mit einem Strang Wiesengras zusammengebunden hatte, ging er durch das Wäldchen den Hügel hinauf und leise um das stille Haus zur Nordseite von Mrs. Forresters Zimmer, wo die türähnlichen grünen Läden geschlossen waren. Als er sich bückte, um die Blumen auf das Sims zu legen, hörte er drinnen ein leises Frauenlachen; ungeduldig, nachsichtig, nekkend, begierig. Dann noch ein Lachen, ein ganz anderes, das eines Mannes. Und es war fett und träge – endete in einer Art Gähnen.

Niel fand sich am Fuß des Hügels auf der Holzbrücke wieder mit brennendem Gesicht, pochenden Schläfen, die Augen blind vor Zorn. In der Hand trug er immer noch den stachligen Strauß Wildrosen. Er warf ihn über den Drahtzaun in ein Schlammloch, das vom Vieh unter der Bachböschung getrampelt war. Er wußte nicht, ob er das Haus über die Auffahrt verlassen hatte oder durch das Gebüsch heruntergekommen war. In jenem kurzen Augenblick zwischen dem Niederbeugen über das Sims und dem Aufrichten hatte er verloren, was zum Schönsten seines Lebens gehörte. Bevor der Tau trocknete, war der Morgen für ihn zerstört; und alle folgenden Morgen, sagte er sich bitter. Dieser Tag sah das Ende jener Bewunderung und Treue, die wie eine Blüte auf seinem Dasein gewesen waren. Er könnte sie niemals zurückgewinnen. Sie waren dahin wie die Morgenfrische der Blumen.

«Lilien, die faulen», murmelte er, «*Lilien, die faulen, riechen weit übler als Unkraut.*»

Grazie, Vielfältigkeit, die wundervolle Stimme, das Funkeln von Vergnügen und Übermut in jenen dunklen Augen – all dies war nichts. Kein moralischer Skrupel war es, den sie zutiefst beleidigt hatte, sondern ein ästhetisches Ideal. Schöne Frauen, deren Schönheit mehr bedeutete, als sie aussagte ... wurde ihr Strahlen immer von etwas Gemeinem und Verstecktem gespeist? Was war ihr Geheimnis?

8

Neil begrüßte seinen Onkel und Captain Forrester, als sie aus dem Morgenzug stiegen, und fuhr mit ihnen zum Haus hinüber. Die Sache, deretwegen sie nach Denver gefahren waren, wurde erst erwähnt, als sie mit Mrs. Forrester im vorderen Salon saßen. Die Fenster standen offen, und der Duft von Flieder und Junirosen wehte vom Garten herein. Captain Forrester schnitt das Thema an, nachdem er langsam sein Taschentuch auseinandergefaltet und sich damit die Stirn und den fleischigen Nacken um den niedrigen Kragen abgewischt hatte.

«Maidy», sagte er, ohne sie anzusehen, «ich bin als armer Mann nach Hause zurückgekommen. Fast alles ist für den Ausgleich draufgegangen. Du wirst dieses Anwesen haben, unbelastet, und meine Pension. Das ist in etwa alles. Der Viehbestand wird ein bißchen einbringen.»

Niel sah, wie Mrs. Forrester sehr blaß wurde, aber sie lächelte und brachte ihrem Mann den Zigarrenständer. «Na ja! Wir können schon durchkommen, oder?»

«Wir können knapp durchkommen. Mehr nicht. Ich fürchte, Richter Pommeroy meint, ich hätte blödsinnig gehandelt.»

«Überhaupt nicht, Mrs. Forrester», rief der Richter aus. «Er hat genauso gehandelt, wie ich es hoffentlich an seiner Stelle getan hätte. Aber ich bin nicht verheiratet. Es gab Wertpapiere, Regierungsanleihen, die Captain Forrester Ihnen hätte überschreiben könne, aber auf Kosten der Konteninhaber.»

«Ich habe Männer gekannt, die das taten», sagte der Captain niedergeschlagen, «aber ich fand nie, daß sie ihren Frauen damit ein Kompliment machten. Wenn Mrs. Forrester einverstanden ist, werde ich meine Entscheidung nie bereuen.» Zum erstenmal suchten seine müden, geschwollenen Augen die seiner Frau.

«Ich stelle nie deine Geschäftsentscheidungen in Frage, Mr. Forrester. Von solchen Dingen verstehe ich nichts.»

Der Captain legte die Zigarre hin, die er genommen, aber nicht angezündet hatte, erhob sich mühsam und ging zum Erkerfenster hinüber, wo er stehenblieb und über seine Wiesen starrte. «Es sieht hier sehr schön aus, Maidy», sagte er dann. «Ich sehe, du hast die Rosen begossen. Sie brauchen es bei diesem Wetter. Wenn du mich jetzt bitte entschuldigst, lege ich mich eine Weile hin. Ich habe im Zug nicht gut geschlafen. Niel und der Richter bleiben zum Mittagessen.» Er öffnete die Tür zu Mrs. Forresters Zimmer und schloß sie hinter sich.

Richter Pommeroy fing an, Mrs. Forrester die Situation zu erklären, mit der sie in Denver fertigzuwerden hatten. Die Bank, von der Mrs. Forrester lediglich den Namen wußte, zahlte gute Zinsen auf kleine Spareinlagen. Die Konteninhaber waren Lohnempfänger: Eisenbahnangestellte, Mechaniker und Tagelöhner, von denen viele irgendwann für den Captain gearbeitet hatten. Sein Name war als einziger aus dem Bankvorstand gut bekannt, es war der Name, der seinen früheren Arbeitern und ihren Freunden Sicherheit und anständige Behandlung versprach. Die anderen Direktoren waren vielversprechende junge Geschäftsleute, die viele Eisen im Feuer hatten. Aber, sagte der Richter sichtlich bekümmert, sie hätten sich geweigert, ihre Pflicht zu erfüllen und ihre Verluste wie Gentlemen zu bezahlen. Sie behaupteten, die Bank sei nicht durch unkluge Investitionen oder schlechte Verwaltung insolvent, sondern aufgrund einer landesweiten Finanzpanik, eines Wertverlusts, den niemand hätte voraussehen können. Sie argumentierten, es sei gerecht, den Verlust mit den Konteninhabern zu teilen, ihnen fünfzig Cent für den Dollar zu zahlen und auf der Basis von fünfundsiebzig Prozent langfristige Zahlungsversprechen auf fünfundzwanzig Prozent auszuhändigen.

Captain Forrester beharrte darauf, daß keiner der Einleger einen Dollar verlieren dürfe. Die vielversprechenden jungen Geschäftsleute hatten ihm respektvoll zugehört, ihm aber am Ende gesagt, sie würden nur zu ihren eigenen Bedingungen ausgleichen; jede zusätzliche Erstattung sei seine Sache. Er ließ seine private Stahlkassette aus dem Tresorraum heraufbringen, öffnete sie und sortierte den Inhalt auf dem Tisch. Die Regierungsanleihen übergab er sofort. Richter Pommeroy wurde ausgeschickt, um die Bergwerksaktien und andere Wertpapiere auf dem offenen Markt zu verkaufen.

An diesem Punkt seiner Darstellung erhob sich der Richter, begann auf und ab zu gehen und fingerte an den

Siegeln, die an seiner Uhrkette hingen. «Genau das hatte ein Ehrenmann zu tun, Mrs. Forrester. Bei fünf Direktoren, die sich drückten, konnte er nur seinen Namen verlieren, oder ihn retten. Die Einzahler hatten ihre Ersparnisse dieser Bank gegeben, weil Captain Forrester Präsident war. Für diese Männer, die kein anderes Kapital hatten, als ihren Rücken und ihre zwei Hände, bedeutete sein Name Sicherheit. Wie er den Direktoren zu erklären versuchte, seien diese Einlagen unschätzbar; Spargelder, um sich ein Haus zu kaufen, oder für einen Mann im Krankheitsfall zu sorgen, oder einen Jungen zur Schule zu schikken. Und diese jungen, intelligenten, in der Gemeinde geachteten Männer saßen da und sahen herablassend zu, wie ihr Mann sich so weit ausplünderte, daß er seine Lebensversicherung verpfändete! Den ganzen Tag lang, jeden Tag, versammelte sich auf der Straße vor der Bank eine Menschenmenge; Polen und Schweden und Mexikaner, die zu Tode erschreckt aussahen. Viele davon konnten kein Englisch sprechen – anscheinend war das einzige englische Wort, das sie kannten, ‹Forrester›. Beim Herein- und Herausgehen hörten wir die Mexikaner sagen ‹Forrester, Forrester›. Es war für mich eine Qual, Ihretwegen, Ma'm, zuzusehen, wie der Captain sich selbst ausplünderte. Aber bei meiner Ehre, ich konnte ihn nicht hindern. Und diese feigen Schufte, die dasaßen –», der Richter blieb vor Mrs. Forrester stehen und zerwühlte mit beiden Händen sein buschiges weißes Haar, «bei Gott, Madam, ich glaube, ich habe zu lange gelebt! Zu meiner Zeit war der Unterschied zwischen einem Geschäftsmann und einem Schuft größer als der Unterschied zwischen einem Weißen und einem Nigger. Ich war nicht der richtige Mann, um den Captain als Berater dorthin zu begleiten. Einer dieser aalglatten Anwälte, wie demnächst Ivy Peters einer sein wird, hätte vielleicht für Sie etwas aus dem Zusammenbruch gerettet. Aber ich konnte ihren Mann nicht beeinflussen. Für die Menschenmenge draußen vor der Banktür bedeutete sein Name hundert Cent auf den Dollar, und, bei Gott, sie haben sie bekommen! Ich bin stolz auf ihn, Ma'm; ich bin stolz, ihn zu kennen!»

Es war das erstemal, daß Niel Mrs. Forrester je hatte erröten sehen. Ein leichtes Rosa überzog ihr Gesicht. Ihre Augen glänzten feucht. «Sie hatten völlig recht, Richter. Ich hätte um alles auf der Welt nicht gewollt, daß er meinetwegen anders handelt. Er hätte nie wieder den Kopf hoch tragen können. Wissen Sie, ich kenne ihn.» Als sie das sagte, sah sie zu Niel auf der anderen Seite des Zimmers, und ihr Blick war wie ein zarter und sehr würdevoller Tadel einer Unhöflichkeit – obwohl er sich ihr gegenüber keiner bewußt war.

Als ihre Gastgeberin hinausging, um nach dem Essen zu sehen, wandte sich Richter Pommeroy an seinen Neffen. «Sohn, ich bin froh, daß du Architekt werden möchtest. In dieser neuen Geschäftswelt, die jetzt entsteht, kann ich mir für einen Rechtsanwalt keine ehrenhafte Laufbahn vorstellen. Überlaß die Juristerei Jungen wie Ivy Peters, und such dir einen sauberen Beruf. Ich war nicht der richtige Mann als Begleiter für Forrester.» Er schüttelte traurig den Kopf.

«Werden sie wirklich arm sein?»

«Sie werden knapp bei Kasse sein. Es ist, wie er sagte. Ihnen bleibt nichts als dieses Anwesen.»

Mrs. Forrester kam zurück und ging, um ihren Mann zum Essen zu wecken. Als sie die Tür zu ihrem Zimmer öffnete, hörten sie röchelndes Atmen, und sie rief ihnen zu, schnell zu kommen. Der Captain lag ausgestreckt auf seinem Eisenbett im Vorzimmer, und Mrs. Forrester bemühte sich, seinen Kopf zu heben.

«Schnell, Niel», keuchte sie. «Wir müssen ihm Kissen unterlegen. Bring die von meinem Bett.»

Niel schob sie sanft beiseite. Mit Schweiß im Gesicht wuchtete er mit aller Kraft die Schultern des Captains hoch. Es war, als würde man einen verwundeten Elefanten heben. Richter Pommeroy eilte zurück ins Wohnzimmer und teilte Dr. Dennison telephonisch mit, daß Captain Forrester einen Schlaganfall erlitten hatte.

Ein Schlaganfall konnte einen Mann wie Captain Forrester nicht erledigen. Er mußte drei Wochen im Bett bleiben, und Niel half Mrs. Forrester und Ben Keezer, ihn zu versorgen. Obwohl er in dieser Zeit so oft im Haus war, sah er Mrs. Forrester nie allein – sah sie genaugenommen fast gar nicht. Durch die vielen Verpflichtungen wurde sie zerstreut, fast unpersönlich. Viele Briefe mußten beantwortet werden, für Obst-, Wein- und Blumensendungen mußten Dankschreiben verfaßt werden. Besorgte Anfragen von Freunden kamen aus allen Gegenden vom Missouri bis zu den Bergen. Wenn Mrs. Forrester nicht im Zimmer des Captains war oder in der Küche, um spezielle Mahlzeiten für ihn zuzubereiten, war sie an ihrem Schreibtisch.

Eines Morgens, als sie gerade dort saß, kam hoher Besuch. Niel, der an der Tür auf die Briefe wartete, die er zur Post bringen sollte, sah einen mächtigen rotbärtigen Mann in zerknittertem Rohseidenanzug und mit Panamahut den Hügel heraufsteigen. Cyrus Dalzell, Präsident der Colorado & Utah, der in seinem Privatwaggon angereist war, um sich nach dem Befinden seines alten Freundes zu erkundigen. Niel sagte Mrs. Forrester schnell Bescheid, und sie kam den Gast begrüßen, als er gerade die Stufen heraufstieg und sich das Gesicht mit einem roten Seidentuch abwischte.

Er nahm beide Hände der Lady und rief mit warmer, tiefer Stimme: «Da ist sie ja und sieht so frisch aus wie eine Braut! Darf ich ein altes Privileg einfordern?» Er beugte den Kopf und küßte sie. «Ich werde Ihnen nicht im Weg sein, Marian», sagte er, als sie ins Haus kamen, «aber ich mußte selbst nachsehen, wie es ihm geht und wie es Ihnen geht.»

Mr. Dalzell schüttelte Niel die Hand, und während er redete, durchwanderte er tapsig und sanft wie ein Braunbär den Salon. Mrs. Forrester blieb stehen, rückte seine gelbe Krawatte zurecht und half ihm aus seiner zerknitterten Jacke. «Man sieht sofort, daß Kitty heute morgen nicht bei Ihnen war, als Sie sich angezogen haben», lachte sie.

«Danke, danke, meine Liebe. Da unten habe ich jetzt

einen grünen Jungen als Diener, und er ist sich anscheinend nicht klar über das Ausmaß seiner Pflichten. Nein, Kitty wollte gern kommen, aber wir haben zwei lebhafte Nichten aus Portsmouth zu Besuch, und sie dachte, besser nicht. Also ließ ich meinen Wagen an den Burlington-Expreß anhängen und bin selber gekommen. Jetzt erzählen Sie mir von Daniel. War es ein Schlaganfall?»

Mrs. Forrester setzte sich neben ihn auf das Sofa und erzählte von der Krankheit ihres Mannes, während er sie mit teilnehmenden Fragen und Bemerkungen unterbrach, ihre Hand in seine breiten, weichen Pranken nahm und sie liebevoll tätschelte.

«Und jetzt kann ich nach Hause gehen und Kitty erzählen, daß er bald wieder der alte ist – und daß Sie aussehen, als würden Sie heute abend den Ball anführen. Flüstern Sie Daniel zu, daß ich unten in meinem Wagen ein paar Kisten Port habe, die ihn schneller wieder hochbringen als alles, was ihm die Ärzte geben. Und ich habe ein Dutzend Sherry-Flaschen mitgebracht für eine Lady, die ein bißchen was von Wein versteht. Und nächsten Winter kommen Sie beide zur Luftveränderung zu uns nach Springs.»

Mrs. Forrester schüttelte leicht den Kopf. «Oh, das ist, fürchte ich, ein schöner Traum. Aber wir wollen ihn trotzdem träumen!» Alles an ihr hatte sich aufgehellt, seit Cyrus Dalzell den Hügel heraufkam. Sogar die langen Granatohrringe an ihren Wangen schienen tiefer zu leuchten, dachte Niel. Sie war nicht mehr dieselbe Frau, die vor einer halben Stunde dasaß und schrieb. Ihre

Finger, die auf dem Ärmel des Seidenanzugs spielten, waren leicht und flatterten wie Schmetterlingsflügel.

«Überhaupt kein Traum, meine Liebe. Kitty hat für alles gesorgt. Sie wissen, wie schnell sie plant. Ich komme euch in meinem Wagen abholen. Mein alter Jim wird zu Daniels Kammerdiener gemacht, und Sie können einfach tun, was Sie wollen und uns allen frisches Leben bringen. Letzten Winter haben wir gemerkt, daß wir ohne unsere Lady Forrester nicht auskommen können. Nichts lief richtig ohne sie. Wenn wir eine Party gegeben hatten, saßen wir hinterher da und fragten uns, warum, zum Teufel, wir das gemacht hatten. O nein, wir können ohne Sie nicht zurechtkommen!»

Tränen schossen ihr in die Augen. «Das ist sehr lieb von Ihnen. Es tut gut zu wissen, daß sich jemand an einen erinnert, wenn man fort ist.» In ihrer Stimme lag jene herzzerreißende Süße, die man manchmal in schönen, sanften alten Liedern hört.

9

Drei Wochen später war der Captain wieder auf den Beinen. Er zog den linken Fuß nach, und sein linker Arm machte Schwierigkeiten. Er konnte zwar wieder sprechen, aber heiser und verschwommen. Einige Wörter konnte er nicht deutlich aussprechen, rutschte über sie hinweg, ließ eine Silbe aus. Daher vermied er das Sprechen noch mehr als sonst. Der Arzt sagte, falls kein weiterer Hirnschaden einträte, könne er es noch gut ein paar Jahre machen.

Im August sollte Niel nach Boston gehen und sich für die Aufnahmeprüfung am Massachusetts Institute of Technology vorbereiten, wo er Architektur studieren wollte. Er schob den Abschiedsbesuch bei den Forresters bis zum letzten Tag vor seiner Abreise auf. Sein letzter Besuch war anders als alle vorherigen. Sie fingen schon an, ihn als einen jungen Mann zu behandeln. Er saß ziemlich steif in dem Salon, wo er sich so zu Hause gefühlt hatte. Der Captain in seinem Lehnstuhl im Erker, im vollen Licht der Nachmittagssonne, sprach wenig, aber war sehr freundlich. Mrs. Forrester auf dem Sofa in der schattigen Ecke des Zimmers redete über Niels Pläne und seine Reise.

«Stimmt es, daß Mary in diesem Herbst Pucelik heiratet?» fragte er. «Wen bekommen Sie dann als Hilfe?»

«Erst einmal niemanden. Ben wird alles tun, was ich nicht tun kann. Mach dir keine Sorgen um uns. Wir werden einen ruhigen Winter verbringen, wie ein altes Landehepaar – das wir ja sind!» sagte sie scheinbar unbekümmert.

Niel wußte, daß sie dem Winter mit Grauen entgegensah, aber er hatte sie nie so beherrscht erlebt – oder so sehr als Herrin des eigenen Hauses, wie jetzt, da sie sich anschickte, dessen Dienerin zu sein. Er hatte wie nie zuvor das Gefühl, daß ihre Leichtigkeit sie einiges kostete.

«Vergiß uns nicht, aber laß auch nicht den Kopf hängen. Schaff dir viele neue Freunde. Du wirst nie wieder zwanzig sein. Führ eine kleine Tänzerin zum Essen aus, aber bitte eine hübsche! Mach dir keine Sorgen um dein Taschengeld. Wenn du in der Klemme sitzt, könnten wir dir mit einem kleinen Scheck aushelfen, stimmt's, Mr. Forrester?»

Der Captain paffte und sah erheitert aus. «Ich denke schon, Niel, ich denke schon. Steh nicht auf, mein Junge. Du mußt zum Essen bleiben.»

Niel sagte, er könne nicht. Er hätte noch nicht fertiggepackt und müsse mit dem Morgenzug fahren.

«Dann müssen wir eine Kleinigkeit zu uns nehmen, bevor du gehst.» Captain Forrester erhob sich schwerfällig, auf seinen Stock gestützt, und ging ins Eßzimmer. Er brachte die Karaffe und füllte feierlich drei Gläser. Er hob sein Glas, machte seine übliche Pause und blinzelte.

«Glückliche Tage!»

«Glückliche Tage!» wiederholte Mrs. Forrester mit ihrem bezauberndsten Lächeln, «und für Niel viel Erfolg!»

Der Captain und seine Frau kamen beide mit ihm an die Tür und standen zusammen auf der Veranda, wo er sie so oft hatte stehen sehen, um die Gäste zu verabschieden. Gerührt und glücklich ging er den Hügel hinunter. Als er die Brücke überquerte, wurde er plötzlich bedrückt. Würde der beklemmende Zweifel ihm immer auflauern, da unten im Schlamm, wo er eines Morgens seine Rosen hingeworfen hatte?

Er brannte darauf, ihr eine Frage zu stellen, die Wahrheit aus ihr herauszukriegen und Ruhe zu finden: Was geschah mit ihrem erlesenen Wesen, wenn sie mit einem Mann wie Frank Ellinger zusammen war? Wohin ließ sie es verschwinden? Und wie konnte sie, nachdem sie es hatte verschwinden lassen, wieder zu sich kommen und einem – sogar ihm – das Gefühl von gehärtetem Stahl vermitteln, einer Klinge, die mit jedem fechten konnte, ohne je zu zerbrechen?

Zweiter Teil

1

Erst zwei Jahre später kam Niel Herbert wieder nach Hause, und der erste Bekannte, den er traf, war Ivy Peters. Ivy bestieg den Zug auf einer der kleinen Stationen östlich von Sweet Water, wo er einen Fall verhandelt hatte. Als er durch den Pullman schlenderte, bemerkte er unter den Passagieren einen jungen Mann in grauem Flanellanzug mit blauem Seidenhemd und einer Krawatte in einem anderen Blau. Nachdem Ivy diese urbane Gestalt einige Sekunden von hinten betrachtet hatte, sah er mit hämischer Zufriedenheit an seiner eigenen Kleidung hinunter. Es war ein heißer Junitag, trotzdem trug er, was ihm schon als Junge gefallen hatte: den schwarzen Filzhut und den schweren Wintermantel von der Stange. Er trat vor, die Hände in den Taschen.

«Hallo Niel. Dachte, ich könnte mich doch nicht irren.»

Niel blickte auf und sah das rote, wie von Bienen zerstochene Gesicht mit seinen zwei Dauergrübchen, das mit verächtlicher Heiterkeit auf ihn herunterlächelte.

«Hallo Ivy. Bei dir könnte ich mich auch nicht irren.»

«Kommst du nach Hause und steigst ins Geschäft ein?»

Niel antwortete, er käme nur über die Sommerferien.

«Oh, du bist noch nicht fertig mit dem Studium? Anscheinend braucht man für einen Architekten länger als für einen Winkeladvokaten. Ist auch egal. In Sweet Water wird jetzt nicht mehr viel gebaut. Du wirst eine Menge Veränderungen vorfinden.»

«Willst du dich nicht setzen?» Niel zeigte auf den Nebensitz. «Du arbeitest als Rechtsanwalt?»

«Ja, neben ein paar anderen Sachen. Muß mehr als ein Eisen im Feuer haben, um uns am Leben zu erhalten. Nebenbei treibe ich ein bißchen Landwirtschaft. Ich hab das Weideland von den Forresters gepachtet. Ich hab die alte Marsch trockengelegt und darauf Weizen gepflanzt. Mein Bruder John macht die Arbeit, und ich bin der Boss von der Sache. Die bringt ziemlich was ein. Ich zahle ihnen eine gute Pacht, und die haben sie nötig. Ich glaube nicht, daß sie ohne auskommen könnten. Ihre einflußreichen Freunde sind offenbar keine große Hilfe. Erinnerst du dich an die ganzen Aufschneider, die der Captain immer in seinem Zweispänner herumkutschiert hat, und für die er fässerweise Bourbon anrollen ließ? Ziemlich viel Bluff an all den alten Knaben. Die Finanzkrise hat sie außer Gefecht gesetzt. Die Forresters sind heruntergekommen wie die übrigen. Erinnerst du dich, wie der Alte uns Kinder unter dem Daumen hielt und uns da drin kein Gewehr tragen ließ? Ich bin so boshaft, an diesem Bach jetzt ein bißchen lieber zu schießen als sonstwo. Der alte Captain war harmlos, aber größenwahnsinnig. Jetzt, wo er ist wie wir anderen und nicht jeden Tag das Hemd wechseln muß, ist er glücklicher.» Ivys reglose grünliche Augen ruhten auf Niels Anzug.

Niel bemerkte das jedoch nicht. Er wußte, Ivy wollte, daß er Enttäuschung zeigte, und er war entschlossen, es nicht zu tun. Er erkundigte sich nach dem Befinden des Captains und vermied sorgfältig, Mrs. Forresters Namen zu nennen.

«Er ist nur noch halb da ... scheint sich ganz wohl zu fühlen ... Sie sorgt gut für ihn, das muß man ihr lassen ... Sie tröstet sich, schon immer, wie du weißt ... zuviel französischer Brandy ... aber sie vernachlässigt ihn nie. Ich nehm's ihr nicht übel. Echte Arbeit fällt ihr schwer.»

Niel hörte diese Bemerkungen nur undeutlich, wie ein entferntes Gemurmel. Er spürte, daß Ivy die Marsch nicht etwa nur deshalb trockengelegt hatte, weil er das Land gewinnen wollte, sondern auch, um ihn und Mrs. Forrester zu kränken. Mehr noch, ihm schien klar, daß Ivy selbst bis zu diesem Augenblick nicht erkannt hatte, wie ausschlaggebend dieser Gesichtspunkt für ihn war. Er und Ivy hatten sich von Kindheit an nicht gemocht, sich blind und instinktiv durch Antipathie erkannt wie feindliche Insekten. Mit dem Trockenlegen der Marsch hatte Ivy ein paar Morgen von etwas ihm Verhaßten ausgelöscht und seine Macht über jene behauptet, die diese unergiebigen Wiesen wegen ihrer Nutzlosigkeit und silbrigen Schönheit geliebt hatten.

Als Ivy ins Raucherabteil weitergegangen war, sah Niel hinaus auf die Windungen des Sweet Water und spielte mit seiner Idee. Der alte Westen war von Träumern, großherzigen Abenteurern besiedelt worden, die grandios unpraktisch waren, eine ritterliche Bruderschaft, stark im Angriff, aber schwach in der Verteidigung, die erobern konnte, aber nicht halten. Nun war das riesige Gebiet Männern wie Ivy Peters ausgeliefert, die niemals etwas gewagt hatten, niemals etwas riskierten. Sie würden das Traumbild verschlucken, die Morgenfrische vertreiben, den großen fruchtbaren Geist der Freiheit auslöschen, das großzügige unbeschwerte Leben der Großgrundbesitzer. Den Raum, die Eigenart, die fürstliche Sorglosigkeit des Pioniers würden sie zerstören und in profitable Stückchen zerschneiden, wie die Streichholzfabrik den Urwald zersplittert. Überall, vom Missouri bis zu den Bergen, würde diese Generation gerissener junger Männer, die durch schlechte Zeiten zu kleinlicher Sparsamkeit erzogen war, genau das tun, was Ivy Peters getan hatte, als er die Forrester-Marsch trockenlegte.

2

Am nächsten Nachmittag fand Niel Captain Forrester in dem buschigen Fleckchen, das er seinen Rosengarten nannte. Er saß in einem soliden Hickorystuhl, den man bei jedem Wetter draußen lassen konnte, seine beiden Stöcke neben sich. Seine Aufmerksamkeit war auf einen roten Block aus Colorado-Sandstein gerichtet, der mitten auf dem Kiesplatz, um den die Rosen wuchsen, auf einen Granitfindling gesetzt war. Er zeigte Niel, daß dies eine

Sonnenuhr war, und erklärte sie voller Stolz. Letzten Sommer, sagte er, habe er oft mit einem quadratischen Brett auf einem Pfahl hier draußen gesessen und die Schattenlängen nach seiner Uhr markiert. Sein Freund Cyrus Dalzell habe bei einem seiner Besuche dieses Brett mitgenommen, hatte die Aufzeichnung auf Sandstein genau kopieren lassen und ihm mit dem säulenartigen Findling, der seine Basis bildete, zugeschickt.

«Wahrscheinlich ist Mr. Dalzell an reichlich vielen Morgen durch die Berge gestreift, bis er eine solche natürliche Formation fand», sagte der Captain. «Eine Säule, wie man sie in biblischen Zeiten hatte. Sie ist aus dem Garten der Götter. Mr. Dalzell hat da oben sein Sommerhaus.»

Der Captain saß da, die Stiefelsohlen nebeneinandergesetzt, die Beine nach außen gebeugt. Alles an ihm schien schwerer und schwächer geworden zu sein. Sein Gesicht war dicker und glatter, als liefen die Züge ineinander, wie ein Wachsgesicht, das in der Hitze schmilzt. Ein alter, von der Sonne vergilbter Panamahut beschattete seine Augen. Seine braunen Hände lagen auf den Knien, die Finger gespreizt, kraftlos. Sein Schnurrbart hatte dieselbe Strohfarbe. Niel sagte zu ihm, daß er nicht grauer geworden sei. Der Captain berührte seine Wange mit der Handfläche. «Mrs. Forrester hat mich eine Zeitlang rasiert. Sie machte es ausgezeichnet, aber ich wollte es nicht mehr. Jetzt benutze ich einen von diesen Rasierapparaten. Ich kann es schaffen, wenn ich mir Zeit nehme. Der Barbier kommt einmal die Woche. Mrs. Forrester erwartet dich, Niel. Sie ist unten im Wäldchen. Sie ruht immer da unten in der Hängematte.»

Niel ging um das Haus zum Tor, das in das Wäldchen führte. Von der Hügelkuppe aus konnte er die Hängematte sehen, die zwischen zwei Pappeln am hinteren Ende der tiefliegenden Lichtung befestigt war, wo er damals abgestürzt war und sich den Arm gebrochen hatte. Die schmale weiße Gestalt bewegte sich nicht, und als er über das Gras eilte, sah er, daß ein weißer Gartenhut über ihrem Gesicht lag. Er näherte sich leise und fragte sich gerade, ob sie schlief, als er ein leises freudiges Lachen hörte, und mit einer raschen Bewegung warf sie den Gartenhut beiseite, durch den sie ihn beobachtet hatte. Er trat heran und nahm ihre schwebende Gestalt samt der Hängematte in die Arme. Wie leicht und lebendig sie war! Wie ein Vogel im Netz. Könnte er sie nur retten und so forttragen – fort von der Erde trauriger, unausweichlicher Zeiten, weg von Alter, Überdruß, Mißgeschick!

Sie schien keineswegs ungeduldig darauf zu warten, daß er sie wieder losließ, sondern lachte zu ihm auf mit dem Strahlen eines eleganten, wilden, eines phantastischen und quälenden Geschöpfs – scheinbar ungekünstelt, in Wirklichkeit das vollendete Kunstwerk! Sie legte ihm die Hand unter das Kinn, als sei er noch ein Kind.

«Und wie hübsch er geworden ist! Ist der alte Richter stolz auf dich! Gestern abend rief er mich an und sprudelte los, ‹Ich muß Sie fairerweise warnen, Ma'm, daß ich hier drüben einen sehr hübschen Jungen habe.› Als ob ich nicht gewußt hätte, was aus dir würde! Und jetzt bist du ein Mann und hast die Welt gesehen! Na, was hast du darin gefunden?»

«Nichts, das so reizend ist wie Sie, Mrs. Forrester.»

«Unsinn! Hast du Freundinnen?»

«Vielleicht.»

«Sind sie hübsch?»

«Warum sie? Reicht nicht eine?»

«Eine ist zuviel. Ich möchte, daß du ein halbes Dutzend hast – und immer noch dein Bestes für uns aufbewahrst! Eine würde alles nehmen. Wenn du sie gehabt hättest, wärst du überhaupt nicht nach Hause gekommen. Ich frage mich, ob du weißt, wie wir nach dir Ausschau gehalten haben?» Sie nahm seine Hand und drehte geistesabwesend einen Siegelring an seinem kleinen Finger. «Wochenlang, jeden Abend, wenn die Zuglichter unterhalb der Wiesen einschwenkten, habe ich zu mir gesagt, ‹Niel kommt nach Hause; das ist etwas, worauf ich mich freuen kann.›» Sie faßte sich – wie immer, wenn sie meinte, zuviel zu sagen – und schloß in scherzhaftem Ton. «Du siehst also, du bedeutest uns allen sehr viel. Hast du Mr. Forrester gefunden?»

«O ja! Ich mußte bleiben und seine Sonnenuhr ansehen.»

Sie richtete sich auf dem Ellbogen auf und dämpfte die Stimme. «Niel, kannst du das verstehen? Er ist nicht kindisch, wie einige Leute sagen, aber er sitzt da und beobachtet das Ding stundenlang. Wie kann jemand gern zusehen, wie Zeit sichtbar verschlungen wird? Wir sind alle gewohnt zu sehen, wie Uhrzeiger sich drehen, aber warum möchte er diesen Schatten über diesen Stein kriechen sehen? Hat er sich sehr verändert? Nein? Ich bin froh, daß du das findest. Jetzt erzähl mir von den Adams und wie es George geht.»

Niel ließ sich auf den Rasen fallen, setzte sich mit dem Rücken gegen einen Baumstamm, beantwortete ihre raschen Fragen und beobachtete sie, während er redete. Natürlich war sie älter geworden. In der strahlenden Nachmittagssonne sah man, daß ihre Haut nicht mehr war wie weißer Flieder – sie hatte die Elfenbeinfarbe von Gardenien, die gerade angefangen haben zu welken. Der blauschwarze Haarknoten sah mehr denn je zu schwer aus für ihren Kopf. Falten waren da – etwas Angespanntes um die Mundwinkel, das früher nicht da war. Aber erstaunlich war, wie diese Veränderungen augenblicklich verschwinden konnten, völlig ausgelöscht in einem Aufblitzen der Persönlichkeit, und man alles an ihr vergaß außer sie selbst.

«Und sag, Niel, rauchen jetzt wirklich Frauen nach dem Essen mit den Männern, anständige Frauen? Ich würde das nicht mögen. Bei Schauspielerinnen ist es ja ganz in Ordnung, aber Frauen können nicht attraktiv sein, wenn sie genau dasselbe tun wie Männer.»

«Ich glaube, zur Zeit kommt es den Frauen vor allem darauf an, es sich bequem zu machen.»

Mrs. Forrester sah ihn an, als hätte er etwas Schockierendes gesagt. «Ah, genau das ist es! Beides paßt nicht zusammen. Sport und zum College gehen und nach dem Essen rauchen. Magst du das? Mögen Männer nicht, daß Frauen anders sind als sie? Früher war es so.»

Niel lachte. Ja, das war natürlich die Auffassung von Mrs. Forresters Generation.

«Onkel Richter sagt, Sie kommen ihn nicht mehr besuchen wie früher, Mrs. Forrester. Er vermißt sie.»

«Mein lieber Junge, ich bin sechs Wochen nicht mehr in der Stadt gewesen. Ich bin immer zu müde. Wir haben jetzt kein Pferd, und wenn ich gehe, muß ich zu Fuß laufen. Dieses Haus! Nichts wird getan, wenn ich es nicht tue, und nichts bewegt sich, wenn ich es nicht in Bewegung setze. Deswegen komme ich nachmittags hierher – weil ich von hier aus das Haus nicht sehen kann. Ich kann es nicht in Ordnung halten, wie es sein müßte, ich bin nicht stark genug. O ja, Ben hilft mir. Er fegt und klopft die Teppiche aus und putzt die Fenster, aber das bringt ein Haus nicht sehr weit.» Mrs. Forrester setzte sich plötzlich auf und steckte ihren weißen Hut fest. «Wir sind bis nach Chicago gefahren, Niel, um diese Nußbaummöbel zu kaufen, konnten zu Hause nichts finden, das schwer und groß genug war. Hätte ich gewußt, daß ich sie eines Tages herumschieben muß, dann wäre ich leichter zufrieden gewesen!» Sie erhob sich und schüttelte ihren zerknitterten Rock aus.

Sie machten sich auf zum Haus, gingen langsam die lange grasbewachsene Bodenwelle zwischen den Bäumen hinauf.

«Vermissen Sie nicht die Marsch?» fragte Niel plötzlich.

Sie wich seinem Blick aus. «Nicht sehr. Ich würde nie Zeit haben hinzugehen, und wir brauchen das Geld, das sie uns einbringt. Und du hast auch keine Zeit mehr zum Spielen, Niel. Du mußt schnellstens ein erfolgreicher Mann werden. Dein Onkel ist in schrecklichen Schwierigkeiten. Er war so nachlässig, daß er nicht viel besser dran ist als wir. Geld ist sehr wichtig. Mach dir das von Anfang an klar; sieh dem ins Auge, dann machst du dich am Ende auch nicht lächerlich, wie so viele von uns.» Sie blieben am Tor auf der Hügelkuppe stehen und sahen zurück auf die grünen Wege und die scharfen Schatten, auf die bebenden Lichtfächer, welche die Bäume weiter auseinanderzutreiben schienen und unter ihnen Eleusische Felder erzeugten. Mrs. Forrester legte ihre weiße Hand mit all den Ringen auf Niels Arm.

«Freut es dich wirklich, zu uns zurückzukommen? Ich finde das sehr merkwürdig. In deinem Alter wollte ich mit den Jungen und Lustigen zusammensein. Trotzdem, es ist schön für uns.» Sie blickte ihn mit ihrem ungewöhnlichsten Lächeln an, einem Lächeln, das er selten auf ihrem Gesicht gesehen hatte, an das er sich aber immer erinnerte – ein Lächeln ohne Übermut, ohne Heiterkeit, voller Zuneigung und nachdenklicher Trauer. Und all dies lag auch in ihrer Stimme, als sie diese ruhigen Worte sagte – die plötzliche Ruhe tiefen Gefühls. Sie wandte sich rasch ab. Sie gingen durch das Tor und um das Haus, dorthin, wo der Captain saß und den Glanz des Sonnenuntergangs auf seinen Rosen betrachtete. Seine Frau berührte seine Schulter.

«Gehst du jetzt hinein, Mr. Forrester, oder soll ich dir deinen Mantel bringen?»

«Ich gehe hinein. Bleibt Niel nicht zum Essen?»

«Diesmal nicht. Er wird bald kommen, und wir geben dann ein richtiges Essen für ihn. Wartest du auf Mr. Forrester, Niel? Ich muß schnell hinein und das Feuer anmachen.»

Niel blieb zurück und begleitete den Captain auf seinem langsamen Weg zur Vorderseite des Hauses. Er stützte sich auf zwei Stöcke, hob langsam die Füße und setzte sie fest und sorgfältig auf. Er sah aus wie ein wandernder alter Baum.

Als er es die Stufen hinauf und in den Salon geschafft hatte, sank er in seinen Lehnsessel und keuchte schwer. Der erste Zug einer frischen Zigarre schien ihn wiederherzustellen. «Kann ich dir zumuten, für mich ein paar Briefe wegzubringen, Niel, da du ja an der Post vorbeikommst?» Er zog sie aus der Brusttasche seines Sommerjacketts. «Laß mich nachsehen, ob Mrs. Forrester etwas abzuschicken hat.» Der Captain erhob sich und ging in die kleine Diele. Dort, an der Vordertür, stand auf einem Tisch unter der Hutablage eine spärlich bekleidete Figur, ein arabisches oder ägyptisches Sklavenmädchen, das eine große flache Muschel von der kalifornischen Küste in den Händen hielt. Niel erinnerte sich, daß ihm diese Figur aufgefallen war, als er zum erstenmal im Haus war und Dr. Dennison ihn mit seinem geschienten Arm durch diesen Flur hinaustrug. In jenen Tagen, als die Forresters noch Dienstboten hatten und sie täglich mehrmals zur Stadt schickten, wurden die Briefe für die Post immer in diese Muschel gelegt. Jetzt fand der Captain nur einen Brief und übergab ihn Niel. Adressiert war er an Mr. Francis Bosworth Ellinger, Glenwood Springs, Colorado.

Aus irgendeinem Grund wurde Niel verlegen und versuchte, den Brief schnell in seine Tasche zu schieben. Der Captain mit seinen beiden Stöcken in einer Hand hinderte ihn daran. Er nahm den blaßblauen Umschlag zurück, hielt ihn auf Armeslänge vor sich und betrachtete ihn.

«Mrs. Forrester hat eine wundervolle Handschrift; hast du das je bemerkt? Schon immer. Wenn sie mir eine Einkaufsliste machte, brauchte ich sie nie zu verstecken. Sie war wie gestochen. Das ist ungewöhnlich bei einer Frau, Niel.»

Niel erinnerte sich sehr gut an ihre Schrift, er hatte nie eine auch nur annähernd ähnliche gesehen; lange, dünne, eckige Buchstaben, merkwürdig zart und merkwürdig kühn, mit haarfeinen Strichen verknüpft und verschlungen und vollkommen deutlich. Ihre Schrift sah aus, als ob sie in höchster Eile hingeworfen und die Feder von vollkommen selbstsicherer Geschicklichkeit geführt worden sei.

«O ja, Captain! Ich kann nie Briefe für Mrs. Forrester mitnehmen, ohne sie anzusehen. Niemand könnte ihre Schrift vergessen.»

«Ja. Sie ist sehr ungewöhnlich.» Der Captain gab ihm den Umschlag und ging, auf seine Stöcke gestützt, langsam zu seinem Lehnsessel.

Niel hatte sich oft gefragt, wieviel der Captain wußte. Als er jetzt den Hügel hinunterging, war er sicher, daß er alles wußte; alles was man über Marian Forrester wissen konnte.

3

Niel hatte vorgehabt, in dem Sommer sehr oft im Wäldchen der Forresters zu lesen, aber er ging nicht so häufig hinüber, wie er geplant hatte. Ihn ärgerte, daß Ivy Peters ständig in der Gegend auftauchte. Ivy besuchte seine neuen Weizenfelder im Unterland sehr oft. Er benutzte immer den alten Pfad, der von der ehemaligen Marsch den Steilhang hinauf und durch das Wäldchen führte. Man mußte jederzeit damit rechnen, daß er auftauchte und mit Besitzermiene, die Hose in die Stiefelschäfte gestopft, zwischen den Baumreihen hindurchstampfte. Er schlug das Tor hinter dem Haus mit einem Knall zu und ging pfeifend über den Hof. Oft blieb er an der Küchentür stehen, um Mrs. Forrester einen Scherz zuzurufen. Das ärgerte Niel, denn zu der morgendlichen Stunde, wenn Mrs. Forrester ihre Hausarbeit machte, war sie nicht gekleidet, um untergeordnete Leute zu empfangen. Es war ein Unterschied, ob sie den Präsidenten der Colorado & Utah *en déshabille* empfing, oder mit einem grobschlächtigen Burschen wie Ivy Peters in Morgenrock und Pantoffeln, mit aufgerollten Ärmeln plauderte und ihren bloßen Hals seinen kühlen und dreisten Augen preisgab.

Manchmal schlenderte Ivy durch den Rosengarten, wo Captain Forrester in der Sonne saß – ging vorbei, ohne ihn anzusehen, als sei da niemand. Wenn er überhaupt mit dem Captain redete, tat er so, als würde er einen Stumpfsinnigen ansprechen. «Hallo, Captain, nicht bange, daß die Sonne Ihren Teint verdirbt?» oder «Na, Captain, Sie müssen die Betbrüder mal auf das Regenproblem bringen. Die Dürre ist verdammt schlecht für meinen Weizen.»

Eines Morgens, als Niel durch das Wäldchen heraufkam, hörte er Gelächter am Tor und sah, wie dort Ivy, das Gewehr bei sich, mit Mrs. Forrester redete. Sie war barhäuptig, die Röcke flatterten im Wind, den Arm im Henkel eines großen Blecheimers, der neben ihr auf der Umzäunung abgestellt war. Ivy stand da mit dem Hut auf dem Kopf, aber in seiner Haltung war jenes unmißverständliche Etwas, welches anzeigt, daß ein Mann einer Frau gefallen möchte. Er erzählte ihr eine lustige Geschichte, wahrscheinlich eine unanständige, denn sie rief ihr schamlosestes Lachen hervor, das einen nervösen und erregten Beiklang hatte, als ginge er zu weit. Am Ende der Geschichte brach Ivy selbst in sein bäurisches Gewieher aus. Mrs. Forrester drohte ihm mit dem Finger, packte ihren Eimer und lief zurück ins Haus. Sie neigte sich ein wenig unter dem Gewicht, aber Ivy erbot sich nicht, ihn ihr zu tragen. Er ließ sie damit fortstolpern, als sei sie eine Küchenmagd und das alles ihre Sache.

Niel trat aus dem Wäldchen und blieb bei Captain Forrester im Garten stehen. «Guten Morgen, Captain Forrester. War das eben Ivy Peters? Der Kerl benimmt sich schlimmer als ein Schwein!» platzte er heraus.

Der Captain wies auf Mrs. Forresters leeren Stuhl. «Setz dich, Niel, setz dich.» Er zog sein Taschentuch heraus und fing an, seine Brille zu putzen. «Nein», sagte er ruhig, «er ist nicht besonders höflich.»

Dieses vorsichtige Eingeständnis ließ deutlicher fühlen, wie sehr ihn Ivys Grobheit kränkte und beleidigte, als wenn er sich bitter beklagt hätte. In seiner Stimme lag etwas sehr Trauriges und Hilfloses. Von Ebenbürtigen war ihm immer der gebührende Respekt entgegengebracht worden; von Burschen wie Ivy hatte er ihn fordern können – sie von seinem Anwesen weisen oder aus seinem Dienst entlassen.

Niel setzte sich und rauchte eine Zigarre mit ihm. Sie unterhielten sich lange über den Bau des Black-Hill-Abschnitts der Burlington. In Boston hatte Niel letzten Winter einen alten Minenbesitzer kennengelernt, der in Deadwood lebte, als die Eisenbahnstrecke dorthin gelangte. Als Niel ihn fragte, ob er Daniel Forrester gekannt habe, hatte der alte Herr gesagt: «Forrester? War das der mit der schönen Frau?»

«Das mußt du ihr erzählen», sagte der Captain und streichelte die warme Oberfläche seiner Sonnenuhr. «Ja, wirklich. Das mußt du Mrs. Forrester erzählen.»

Eines Nachts in der ersten Juliwoche, einer herrlichen Mondnacht, konnte Niel einfach nicht lesen, oder auch nur im Haus bleiben. Er ging ziellos die breite leere Straße hinunter und überquerte den ersten Bach auf der Fußgängerbrücke. Die weiten, reifen Felder, das ganze Land sahen aus wie ein schlafender Garten. Man schritt sachte über die staubigen Straßen, um den tiefen Schlummer der Welt nicht zu stören.

Über dem Feldweg der Forresters hing schwer der Duft von süßem Klee. Seit Niel sich erinnern konnte, war er schon immer hier, hoch und grün gewachsen; der Captain ließ ihn nie schneiden, bis im Herbst das Unkraut gemäht wurde. Die schwarzen fiederigen Schatten der Pappeln fielen über den Weg und auf Ivy Peters' Weizenfelder. Im Weitergehen sah Niel auf der Brücke über den zweiten Bach eine weiße Gestalt reglos im hellen Mondlicht stehen. Er eilte hin. Mrs. Forrester sah auf das Wasser hinunter, das klar über die Kiesel floß. Er stellte sich neben sie. «Der Captain schläft?»

«O ja, schon lange! Gott sei Dank schläft er gut! Wenn ich ihn ins Bett gesteckt habe, brauche ich mich um nichts mehr zu sorgen.»

Während sie dastanden und leise sprachen, hörten sie auf dem Hügel eine schwere Tür zuschlagen. Mrs. Forrester zuckte zusammen und sah über die Schulter. Ein Mann tauchte auf und stolzierte die Auffahrt hinunter. Ivy Peters betrat die Brücke.

«Guten Abend», sagte er zu Mrs. Forrester, ohne sie beim Namen zu nennen oder den Hut abzunehmen. «Ich sehe, Sie haben Besuch. Ich war gerade oben, mir die alte Scheune ansehen, ob man morgen in den Verschlägen Pferde unterbringen kann. Ich fange morgen früh mit der Weizenernte an, und wir müssen mittags die Pferde in Ihren Stall stellen. Wir würden Zeit verlieren, wenn wir sie erst in die Stadt zurückbringen müßten.»

«Aber natürlich. Die Pferde können in unsere Scheune. Ich bin sicher, Mr. Forrester hätte nichts dagegen.» Sie sprach, als hätte er sie um Erlaubnis gebeten.

«Oh!» Ivy zuckte die Achseln. «Die Männer werden hier unten um sechs anfangen. Ich komme erst um zehn, und ich habe um drei eine Verabredung mit einem Klienten in meinem Büro. Vielleicht könnten Sie mir etwas zum Mittagessen geben, damit ich Zeit spare.»

Sie lächelte über seine Unverschämtheit. «Na gut, ich lade Sie zum Mittagessen ein. Wir essen um eins.»

«Danke. Das ist mir eine Hilfe.» Wie selbstvergessen nahm er den Hut ab, ging den Weg hinunter und schwenkte ihn in der Hand.

Niel sah ihm nach. «Warum erlauben Sie ihm, daß er so mit Ihnen spricht, Mrs. Forrester? Wenn Sie es mir gestatten, versetze ich ihm eine Tracht Prügel und bringe ihm bei, wie er mit Ihnen zu reden hat.»

«Nein, nein, Niel! Denk daran, wir müssen mit Ivy Peters auskommen, wir müssen einfach!» In ihrer Stimme war ein besorgter Ton, und sie ergriff seinen Arm.

«Sie müssen sich von ihm nichts gefallen lassen oder seine schlechten Manieren hinnehmen. Jeder andere würde Ihnen ebensoviel für das Land bezahlen wie er.»

«Aber er hat einen Pachtvertrag für fünf Jahre, und er könnte es uns sehr schwer machen, verstehst du nicht? Außerdem», sie redete hastig, «geht es noch um mehr. Er hat für mich ein bißchen Geld in Wyoming investiert, in Land. Er kriegt irgendwie von den Indianern hervorragendes Land, für fast nichts. Erzähl es nicht deinem Onkel. Ich bezweifle nicht, daß es eine krumme Sache ist. Aber der Richter ist wie Mr. Forrester; seine Methoden funktionieren heutzutage nicht. Er wird uns nie aus den Schulden herausbringen, der Gute! Er kann sich ja selbst nicht herausbringen. Ivy Peters ist schrecklich gerissen, weißt du. Ihm gehört schon die halbe Stadt.»

«Nicht ganz», sagte Niel verbissen. «Er hat sich eine Menge Besitz angeeignet. Er wird die Notlage eines jeden ausnutzen. Sie wissen doch, daß er total skrupellos ist, nicht? Warum haben Sie nicht Mr. Dalzell oder einen von Ihren anderen alten Freunden Ihr Geld investieren lassen?»

«Oh, es war zu wenig! Nur ein paar hundert Dollar, die ich im Haushalt eingespart habe. Sie würden es in ein sicheres Unternehmen stecken, zu sechs Prozent. Ich weiß, du magst Ivy nicht – und er weiß es! Er benimmt sich vor dir immer am schlechtesten. Er ist nicht so schlecht wie – wie sein Gesicht zum Beispiel!» Sie lachte nervös. «Er will uns ernsthaft aus der Klemme helfen. So wie er die ganze Zeit hier ein und aus geht, sieht er alles, und ich glaube, er haßt es wirklich, daß ich so schwer arbeite.»

«Wenn Sie wieder etwas zu investieren haben, dann

lassen Sie es mich zu Mr. Dalzell bringen und es ihm erklären. Ich verspreche Ihnen, ich leiste für Sie genauso viel, wie Ivy Peters kann.»

Mrs. Forrester nahm seinen Arm und zog ihn auf den Weg. «Aber, mein lieber Junge, du verstehst überhaupt nichts von Geschäften. Das ist einer der Gründe, weshalb ich dich so sehr mag. Ich bewundere Leute nicht, die Indianer betrügen. Wirklich nicht!» Sie schüttelte heftig den Kopf.

«Mrs. Forrester, Schuftigkeit ist nicht das einzige, das im Geschäft Erfolg hat.»

«Aber sie hat schneller Erfolg», murmelte sie geistesabwesend. Sie gingen bis zum Ende des Weges und kehrten wieder um. Mrs. Forresters Hand faßte seinen Arm fester. Sie begann hastig zu sprechen. «Weißt du, noch zwei, drei Jahre so weiter, und ich könnte nach Kalifornien zurückgehen – und wieder leben. Aber danach ... Vielleicht denken die Leute, ich hätte mich in aller Würde mit dem Altern abgefunden, aber ich habe es nicht. Ich fühle eine solche Lebenskraft in mir, Niel.» Ihre schlanken Finger packten sein Handgelenk. «Diese Kraft ist durch das Zurückhalten gewachsen. Letzten Winter war ich mit den Dalzells drei Wochen in Glenwood Springs (*das* verdanke ich Ivy Peters; er hat sich um die Angelegenheiten hier gekümmert, und seine Schwester hat Mr. Forrester den Haushalt geführt), und ich staunte über mich selbst. Ich konnte die ganze Nacht tanzen und war nicht müde. Ich konnte den ganzen Tag reiten und abends fit sein für eine Dinnerparty. Natürlich hatte ich nichts anzuziehen; alte Abendkleider aus Metern von Satin und Samt, die mir Mrs. Dalzells Näherin aufarbeitete. Aber ich sah sehr gut aus! Ja, wirklich. Ich weiß immer, wie ich aussehe, und ich sah gut aus. Die Männer fanden das auch. Ich sah glücklicher aus als jede Frau dort. Sie waren fast alle jünger, bei weitem. Aber sie schienen fade, zu Tode gelangweilt. Nach ein oder zwei Gläsern Champagner schliefen sie ein und hatten nichts zu sagen! Ich sehe nach dem ersten Glas stets besser aus – es gibt mir etwas Farbe, es ist das einzige, das wirkt. Ich habe die Einladung der Dalzells mit einer bestimmten Absicht angenommen: Ich wollte herausfinden, ob ich noch etwas an mir hatte, das sich zu retten lohnte. Und ich habe es, das sag ich dir! Du würdest es kaum glauben, ich konnte es kaum glauben, aber ich habe es noch!»

Sie waren inzwischen zur Brücke gekommen, ein nackter weißer Bretterboden im Mondlicht. Mrs. Forrester hatte ihren Gang immer mehr beschleunigt. «Und das ist es, worum ich kämpfe, aus diesem Loch herauszukommen» – sie sah um sich, als sei sie in einen tiefen Brunnen gefallen – «heraus! Wenn ich hier monatelang mit ihm allein bin, überlege und plane ich. Wenn das nicht wäre –»

Als Niel zu seinem Zimmer hinter der Anwaltspraxis zurückwanderte, war ihm bange um sie. Bedeutete es nicht, daß etwas zerbrochen war, wenn Frauen anfingen, davon zu reden, wie jung sie sich noch fühlten? Zwei oder drei Jahre, sagte sie. Ihn schauderte. Erst gestern hatte Dr. Dennison ihm stolz erzählt, Captain Forrester könne noch ein Dutzend Jahre leben. «Wir halten seinen Allgemeinzustand beachtlich gut aufrecht, und er war ursprünglich ein Mann aus Stahl.»

Welche Hoffnung gab es für sie? Er konnte immer noch ihre Hand auf seinem Arm fühlen, als sie ihn schneller und schneller den Weg hinaufdrängte.

4

Das Wetter war mehrere Wochen lang trocken und glühend heiß; Ende Juli brachen Gewitter und Wolkenbrüche über das Tal des Sweet Water herein. Der Fluß trat über seine Ufer, alle Bäche führten Hochwasser, und die Stoppeln von Ivy Peters' Weizenfeldern waren überflutet. Ein ausgedehnter See und zwei reißende Bäche trennten die Forresters jetzt von der Stadt. Ben Keezer ritt jeden Tag zu ihnen hinüber, um die anfallenden Arbeiten zu verrichten und ihnen die Post zu bringen. Eines Abends war Ben mit seiner Ölhaut und der ledernen Posttasche gerade aus dem Postamt gekommen und wollte sein Pferd besteigen, als Niel Herbert ihn anhielt und leise fragte, ob er die Zeitung aus Denver bekommen habe.

«O ja. Ich warte immer die Zeitungen ab. Sie liest gern abends darin. Denke, es ist ziemlich einsam da drüben.» Er schwang sich in den Sattel und platschte davon. Niel ging langsam zum Hotel, um dort zu Abend zu essen. Er hatte etwas sehr Beunruhigendes in der Denver-Zeitung entdeckt: Frank Ellingers Bild auf der Gesellschaftsseite zusammen mit dem von Constance Ogden. Sie hatten gestern in Colorado geheiratet und waren im Antlers abgestiegen.

Nach dem Abendessen zog Niel seinen Gummimantel über und machte sich auf zu den Forresters. Als er zum ersten Bach kam, stellte er fest, daß die Fußgängerbrücke vom jenseitigen Ufer losgespült war und schräg in den gelben Fluten lag, die dagegenschlugen und sie jeden Augenblick davontragen konnten. Die Furt konnte man ohne Pferd nicht überqueren. Er sah unschlüssig über das untergetauchte Flachland. Das Haus war dunkel, keine Lichter in den Salonfenstern. Der Regen setzte wieder ein. Vielleicht sollte sie heute abend besser allein sein. Er würde morgen hinübergehen.

Er ging zur Anwaltspraxis zurück und versuchte, es sich gemütlich zu machen, obwohl dort eine verwirrende Unordnung herrschte. Der ständige Regen hatte einen der Kamine undicht werden lassen, hatte Ströme von Ruß und schwarzem Wasser heruntergespült und den Ofen und den ehemals schönen Brüsseler Teppich des Richters überschwemmt. Den ganzen Nachmittag war der Klempner dagewesen, um herauszufinden, was mit dem Rauchfang los sei, und hatte einen neuen Eisenblechschieber geschnitten, der unter dem Abzugsrohr angebracht werden sollte. Aber um sechs war er gegangen und hatte Werkzeuge und Metallplatten herumliegen lassen. Die Zimmer waren feucht und kalt. Niel zog einen dicken Pullover an, da er kein Feuer machen konnte, zündete die Petroleumlampe an und ließ sich mit einem Buch nieder. Als er schließlich auf die Uhr sah, war es Mitternacht, und er hatte drei Stunden gelesen. Er wollte noch eine Pfeife rauchen und dann zu Bett gehen. Kaum hatte er sie angezündet, als er rasche hastende Schritte im hallenden Hausflur hörte. Er war augenblicklich an der Tür und öffnete sie, bevor Mrs. Forrester Zeit hatte zu klopfen. Er griff ihren Arm und zog sie herein.

Außer ihrem nassen weißen Gesicht war alles unter einem schwarzen Gummihut und einem Mantel verborgen, der viel zu groß war für sie. Wasserbäche liefen vom Mantel, und als sie ihn öffnete, sah er, daß sie bis zu den Hüften durchnäßt war – ihr schwarzes Kleid klebte wie schlammiger Brei an ihr.

«Mrs. Forrester», rief er, «Sie können doch nicht den Bach überquert haben! In der Furt reicht das Wasser einem Pferd bis zum Bauch.»

«Ich bin über die Brücke gekommen, ... was davon übrig ist. Sie schwankte unter mir, aber ich bin nicht schwer.» Sie warf ihren Hut ab und wischte sich mit den Händen das Wasser vom Gesicht.

«Warum haben Sie nicht Ben gebeten, Sie auf seinem Pferd herüberzubringen? Hier, bitte schlucken Sie das.»

Sie stieß seine Hand beiseite. «Warte. Hinterher. Ben? Ich habe erst daran gedacht, als er weg war. Das Telephon möchte ich, Ferngespräch. Gib mir Colorado Springs, das Antlers, schnell!»

Niel bemerkte, daß sie stark nach Alkohol roch. Der Dunst überlagerte den Geruch von Gummi und Bachschlamm und nassem Stoff. Sie packte hastig das

Schreibtischtelephon, aber er nahm es ihr sanft aus der Hand.

«Ich werde für Sie die Verbindung herstellen, aber Sie sind jetzt nicht in der Verfassung zu sprechen. Sie sind außer Atem. Wollen Sie wirklich heute nacht sprechen? Sie wissen, Mrs. Beasley wird jedes Wort hören, das Sie sagen.» Mrs. Beasley war die Zentrale von Sweet Water und unermüdliche Berichterstatterin all dessen, was über die Drähte ging.

Mrs. Forrester saß im Schreibtischstuhl seines Onkels und klopfte mit der Spitze ihres Gummistiefels auf den Boden. «Beeil dich bitte», sagte sie in jenem höflichen, eindringlich mahnenden Ton, den selbst Ivy Peters fürchtete.

Niel weckte die verschlafene Zentrale und meldete das Gespräch an. «Sie fragt, wen Sie sprechen möchten.»

«Frank Ellinger. Sag, Richter Pommeroys Büro möchte ihn sprechen.»

Niel begann, Mrs. Beasley am anderen Ende zu beschwichtigen. «Nein, nicht die Hotelleitung, Mrs. Beasley, einen der Gäste. Frank Ellinger», er buchstabierte den Namen. «Ja. Richter Pommeroys Büro möchte ihn sprechen. Ich werde hier beim Apparat bleiben. Bitte, so schnell Sie können.»

Er legte den Hörer auf. «Wissen Sie, ich würde eher etwas in der Stadtzeitung veröffentlichen, als es über Mrs. Beasley durchzugeben.» Mrs. Forrester beachtete ihn nicht, sah ihn nicht an, saß da und starrte auf die Wand. «Ich verstehe nicht, warum Sie mich nicht angerufen und gebeten haben, daß ich ein Pferd für Sie hinüberbringe, wenn Sie schon meinten, heute nacht ein Ferngespräch führen zu müssen.»

«Ja, ich habe nicht daran gedacht. Ich wußte nur, ich mußte hierherkommen, und ich hatte Angst, daß mich etwas aufhalten könnte.» Sie beobachtete das Telephon, als sei es lebendig. Ihre Augen waren zu harten Punkten geschrumpft. Ihre Brauen, spitzwinklig zusammengezogen, zuckten fort auf der gerunzelten Stirn – das seltsame Stirnrunzeln eines Menschen, der von Alkohol oder Müdigkeit überwältigt ist und sich nur kraft eines einzigen Ziels bei Bewußtsein hält. Die blauen Lippen, die schwarzen Schatten unter ihren Augen ließen sie aussehen, als würde ein Gift in ihrem Körper wirken.

Sie warteten und warteten. Niel war klar, sie wollte nicht, daß er sprach. In Gedanken kämpfte sie mit etwas, und bei jedem Wimpernschlag schien sie es erneut vor sich zu sehen. Schließlich stand sie auf, als könne sie die Spannung nicht länger ertragen, ging zum Fenster hinüber und lehnte sich dagegen.

«Haben Sie Captain Forrester allein gelassen?» fragte Niel plötzlich.

«Ja. Nichts wird da drüben passieren. Nichts passiert *überhaupt* je!» antwortete sie erregt und rang die Hände.

Das Telephon läutete. Mrs. Forrester stürzte zum Schreibtisch, aber Niel nahm den Apparat mit der linken Hand auf und versperrte ihr mit der rechten den Weg. «Versuchen Sie ruhig zu sein, Mrs. Forrester. Wenn ich Ellinger habe, lasse ich Sie mit ihm reden – und denken

Sie daran, die Zentrale wird jedes Wort hören, das Sie sagen.»

Nach einigem Hin und Her mit dem Amt in Colorado, wies er sie zum Stuhl. «Setzen Sie sich, und ich übergebe an Sie. Er ist am Telephon.»

Er wagte nicht, sie allein zu lassen, obwohl es reichlich unangenehm war, Mithörer zu sein. Er ging zum Fenster und stellte sich mit dem Rücken zum Schreibtisch, an dem sie saß.

«Bist du es Frank? Hier ist Marian. Ich halte dich nur ganz kurz auf. Du hast geschlafen? So früh? Das sieht dir gar nicht ähnlich. Du hast dich also schon gebessert. Das macht die Ehe, wie man sagt. Nein, so ganz überrascht war ich nicht. Trotzdem hättest du mich ins Vertrauen ziehen können. Habe ich das nicht verdient?»

Eine lange Pause des Zuhörens. Niel starrte benommen auf das dunkle Fenster. Er hatte seine Nerven gegen wilde Vorwürfe gestählt. Die Stimme hinter ihm war ihre charmanteste: spielerisch, zärtlich, intim, mit einem Beiklang freudiger Erregung, die ihre leichte Förmlichkeit erwärmte und durch ihre alltäglichen Worte glühte wie die Farbe in einem Opal. Er hielt einfach den Atem an, während sie angeregt weiterplauderte:

«Wohin macht ihr eure Hochzeitsreise? Oh, das tut mir aber leid? So früh.... Du mußt dich gut um sie kümmern. Grüß sie herzlich von mir... Ich würde denken, Kalifornien wäre um diese Jahreszeit das richtige...»

So ging es einige Minuten lang weiter. Die Stimme, so kam es Niel vor, war die einer jungen, schönen, glücklichen Frau, die warm und entspannt in ihrem eigenen Wohnzimmer saß und in einer Sturmnacht mit einem weitentfernten Freund sprach.

«Oh, ungewöhnlich gut für meine Verhältnisse. Mach einen Halt und überzeuge dich selbst. Du gehst nächste Woche auf Geschäftsreise nach Omaha, noch vor Kalifornien. O ja, das wirst du! Mach halt zwischen den Zügen. Du weißt, wie willkommen du immer bist.»

Eine lange Pause. Ein Ausruf von Mrs. Forrester ließ Niel herumfahren. Jetzt kam es! Ihre Stimme verdunkelte sich mit jedem Wort. «Ich glaube, ich verstehe dich. Du sprichst nicht von deinem eigenen Zimmer aus? Was, aus der Bürozelle? Oh, dann verstehe ich dich allerdings sehr gut!» Niel sah sich entsetzt um. Es war höchste Zeit, sie aufzuhalten, aber wie? Die Stimme fuhr fort.

«Sichergehen! Wann hast du je etwas anderes getan? Weißt du, Frank, in Wahrheit bist du ein Feigling; ein großer, ungehobelter Feigling. Hörst du mich? Ich will, daß du zuhörst! ... Endlich hast du was Sicheres gekriegt, denke ich; sicher und farblos! Wieviel Kapital hast du dazugekriegt? Hoffentlich eine dicke Portion! Jetzt laß mich die Wahrheit sagen: Ich will nicht, daß du hierherkommst! Ich will dich in meinem Leben niemals wiedersehen, und ich verbiete dir, daß du kommst und mich ansiehst, wenn ich tot bin. Ich will nicht, daß deine ekelhaften Augen mein totes Gesicht ansehen. Hörst du mich? Warum antwortest du mir nicht. Wag es ja nicht, den Hörer aufzuhängen, du Feigling! Oh, du großer... Frank, Frank, sag etwas! Oh, er hat mich abgehängt, ich kann ihn nicht hören!»

Sie warf den Hörer hin, ließ den Kopf auf den Tisch fallen und brach in heftiges, stöhnendes Schluchzen aus. Niel stand neben ihr und wartete gelassen. Wenigstens einmal war er schnell genug gewesen. Er hatte sie gerettet. In dem Moment, als bebende Leidenschaft voller Haß und Ungerechtigkeit ihre Stimme ergriff, hatte er die vom Klempner zurückgelassene große Metallschere genommen und den isolierten Draht hinter dem Schreibtisch durchschnitten. Ihre Vorwürfe waren über diesen Raum nicht hinausgelangt.

Als das Schluchzen aufhörte, berührte er ihre Schulter. Er schüttelte sie, aber es kam keine Reaktion. Sie schlief, in tiefe Betäubung versunken. Ihre Hände und ihr Gesicht waren so kalt, daß er glaubte, in ihrem Körper könne kein einziger warmer Blutstropfen mehr sein. Er trug sie in sein Zimmer, zog ihr die durchweichte Kleidung herunter, wickelte sie in seinen Bademantel und legte sie in sein eigenes Bett. Sie war völlig bewußtlos. Er blies das Licht aus, schloß sie ein und ging so schnell er konnte zu Richter Pommeroys Häuschen. Er weckte seinen Onkel und erklärte kurz die Situation.

«Kannst du dich anziehen und für den Rest der Nacht ins Büro gehen, Onkel? Jemand muß bei ihr sein. Und ich gehe sofort zum Captain hinüber. Man sollte ihn auf keinen Fall allein lassen. Wenn sie es über die Brücke geschafft hat, kann ich es wohl auch. Übrigens, sie fing an verrücktes Zeug zu reden, und ich habe den Telephondraht hinter deinem Schreibtisch durchgeschnitten. Also hab ein Auge darauf. In einer solchen Sturmnacht könnte es Ärger damit geben. Ich werde am Morgen eine Droschke nehmen und Mrs. Forrester nach Hause bringen, bevor die Stadt aufwacht.»

Als es anfing zu dämmern, ging Niel in Captain Forresters Zimmer und sagte ihm, seine Frau sei nachts wegen eines Ferngesprächs gerufen worden und er werde sie jetzt nach Hause bringen.

Der Captain lag auf drei große Kissen gebettet. Seit sein Gesicht fett und entspannt geworden war, hatte sich seine Rauhheit in eine fast asiatische Glätte verwandelt. Er sah aus wie ein weiser alter chinesischer Mandarin, wie er so dalag und die phantastische Geschichte des jungen Mannes völlig gelassen anhörte, bloß blinzelte und sagte: «Danke Niel, danke.»

Als Niel auf seinem Weg zum Mietstall durch die schlafende Stadt ging, sah er die kurze, plumpe Gestalt von Mrs. Beasley wie einen Dampfpudding, der in einen blauen Kimono eingenäht war, durch das fiedrige Spargelbeet hinter dem Telephonamt watscheln. Sie war schon nebenan gewesen, um ihrer Nachbarin, Molly Tucker, der Näherin, die Geschichte von ihrer aufregenden Nacht zu erzählen.

5

Als kurz darauf der Captain erneut einen Schlaganfall hatte, waren Mrs. Beasley und Molly Tucker und ihre Freundinnen sich völlig einig, daß dies ein Gottesurteil über seine Frau war. Kein Urteil hätte grausamer sein können. An seiner Pflege, jetzt, da er hilflos war, brach Mrs. Forrester völlig zusammen. Noch als das Unglück über sie hereinzubrechen begann, hatte sie ihre alte Zurückhaltung gewahrt. Sie hatte um nichts gebeten und nichts angenommen. Ihr Verhalten zu den Stadtleuten war immer gleich: ungezwungen, herzlich und unpersönlich. Ihre eigenen Freunde waren schon lange fortgezogen – alle außer Richter Pommeroy und Dr. Dennison. Wenn einige Hausfrauen aus der Stadt zu Besuch kamen, empfing sie sie im Salon, plauderte mit ihnen in der lächelnden sorglosen Art, die sie nie durchdringen konnten. Weiter kamen sie nicht. Sie hatten noch immer das Gefühl, sie müßten ihr bestes Kleid anziehen und eine Visitenkartentasche tragen, wenn sie zu den Forresters gingen.

Aber da jetzt der Captain hilflos war, änderte sich alles. Sie konnte die Neugierigen nicht länger fernhalten. Die Stadtfrauen brachten Suppen und Eiercrèmes für den Kranken. Wenn sie kamen, um die Nacht bei ihm zu sitzen, überließ sie ihnen das Haus. Sie war am Ende; so erschöpft, daß ihr die Vorgänge um sie her gleichgültig waren. Die Mrs. Beasleys und Molly Tuckers bekamen endlich ihre Chance. Sie gingen in Mrs. Forresters Küche ebenso zwanglos ein und aus wie in den ihren. Sie durchwühlten den Wäscheschrank nach frischem Bettzeug, schnüffelten auf dem Boden und im Keller herum. Sie schwärmten durch das Haus wie Ameisen, das Haus, in dem sie nie über den Salon hinausgelangt waren; und sie stellten fest, daß sie all diese Jahre genarrt worden waren. Es gab da überhaupt nichts Besonderes! Die Küche war unbequem, die Spüle stank. Die Teppiche waren abgenutzt, die plumpen altmodischen Möbel hätten sie nicht geschenkt haben wollen, und die Schlafzimmer oben waren voller Staub und Spinnweben.

Richter Pommeroy bemerkte seinem Neffen gegenüber, noch nie habe er diese Frauen so hellwach, so wichtigtuerisch und selbstzufrieden erlebt wie jetzt, wenn er ihnen, geschäftig herumwimmelnd, bei den Forresters begegnete. Die Krankheit des Captains wirkte wie eine gesellschaftliche Wiederbelebung, so wie ein neuer Club oder ein Kirchenverein. Die Kreaturen wurden immer frecher – und Mrs. Forrester hatte offenkundig keinerlei Widerstandskraft. Sie schuftete in der Küche, schlief halbbekleidet in einem der oberen Räume, hielt sich mit schwarzem Kaffee und Brandy aufrecht. Alle Schranken waren gefallen. Ihr war alles gleichgültig geworden.

Wenn die Frauen den Weg hinauf- oder hinuntergingen, bekam Niel manchmal Fetzen ihres Gespräches mit.

«Warum hat sie nicht was von dem Silber verkauft? Die ganzen Platten und Schüsseln, einfach weggepackt und seit Jahren angelaufen!»

«Ich hätte nichts gegen ein bißchen von ihrer Wäsche.

Da oben ist eine Truhe, voll mit Doppeldamast, jedes Tischtuch lang genug, daß man zwei daraus machen kann. Habt ihr schon mal solche Weingläser gesehen! Ich wette, in beiden Kneipen zusammen sind nicht so viele. Falls sie versteigert, wenn er hinüber ist, kaufe ich ein Dutzend Champagnergläser; sie sind hübsch, um Eis darin zu servieren.»

«Da sind neun Dutzend Gläser», sagte Molly Tucker, «die für Bier und Whiskey eingerechnet. Falls es eine Versteigerung gibt, habe ich große Lust, für zwei von den grünen mit den langen Stielen zu bieten, als Kaminschmuck. Aber sie kann sie niemals alle verkaufen, wenn sie nicht die Kneipen dazu bringt, daß die sie nehmen.»

Ed Elliotts Mutter lachte. «Sie wird sie niemals verkaufen, so lange sie was reinzutun hat.»

«Irgendwann trocknet der Keller mal aus.»

«Wahrscheinlich gibt es immer einige, die's für eine wie sie beschaffen. Ich komme jetzt nie mehr hin, ohne daß ich es an ihr rieche. Neulich abend bin ich spät rübergegangen, und sie lag auf den Knien und wischte den Küchenboden. Ihre Augen waren glasig. Sie wischte die ganze Zeit um den Kühlschrank herum, bis es mich nervös machte. Ich sagte, ‹Mrs. Forrester, ich glaube, Sie haben die Stelle schon ein paarmal gewischt.›»

«War sie verlegen?»

«Kein bißchen! Sie lachte und sagte, sie sei oft zerstreut.»

Mrs. Elliotts Begleiterinnen lachten auch und waren sich einig, zerstreut sei ein guter Ausdruck.

Niel wiederholte diese Unterhaltung seinem Onkel gegenüber. «Onkel», erklärte er, «ich sehe nicht, wie ich nach Boston zurückgehen und die Forresters hier im Stich lassen kann. Ich würde gern das College für ein Jahr sausen lassen und ihnen durchhelfen. Ich möchte da hinübergehen und diese Klatschbasen rausschmeißen. Könntest du ein paar Wochen im Hotel wohnen und mir Black Tom überlassen? Wenn er mir hilft, würde ich all diesen Weibern den Laufpaß geben.»

Die Angelegenheit wurde unauffällig und sofort geregelt. Tom wurde in die Küche versetzt, und Niel selbst übernahm die Pflege. Er begegnete den Frauen mit Entschlossenheit: Sie seien sehr freundlich, aber jetzt würde nichts benötigt. Der Arzt habe gesagt, im Haus müsse völlige Ruhe herrschen und der Kranke dürfe niemanden sehen.

Als es im Haus endlich ruhig war, legte sich Mrs. Forrester zu Bett und verschlief den größten Teil einer Woche. Auch dem Captain ging es besser. An seinen guten Tagen konnte man ihn in einen Rollstuhl setzen und in seinen Garten fahren, damit er die Septembersonne und seine letzten Heckenrosen genießen konnte.

«Danke, Niel, danke, Tom», sagte er oft, wenn sie ihn in seinen Stuhl hoben. «Ich schätze diese Ruhe sehr.» Wenn ein Tag kam, an dem sie meinten, er sollte besser nicht hinaus, war er traurig und enttäuscht.

«Bringt ihn lieber hinaus, egal was ist», sagte Mrs. Forrester. «Er betrachtet so gern sein Anwesen. Das und seine Zigarre sind die einzigen Freuden, die er noch hat.»

Als sie ausgeruht und wieder Herrin ihrer selbst war, übernahm sie den Platz in der Küche, und Black Tom ging zum Richter zurück.

Während seiner Nachtwachen, wenn er allein war, wenn Mrs. Forrester sich zu Bett gelegt hatte und der Captain friedlich ruhte, empfand Niel eine Art von feierlichem Glück. Es war schwer gewesen, dieses Jahr aufzugeben; die meisten seiner Studienkameraden waren jünger als er. Es hatte ihn einiges gekostet, aber nachdem er nun den Schritt getan hatte, war er froh darüber. Nachts, wenn er erst in einem Sessel und dann in einem anderen saß, las, rauchte, sich etwas zu essen holte, um sich wachzuhalten, verspürte er die Zufriedenheit derer, die Treue halten. Er war gern allein mit den alten Dingen, die ihm in seiner Kindheit so schön erschienen waren. Dies waren immer noch die bequemsten Sessel der Welt, und nie würde er andere Bilder so gern mögen wie «Wilhelm Tells Kapelle» und «Das Haus des tragischen Dichters». Kein Tisch eignete sich so gut für Patiencen wie dieser alte mit einer steinernen Mosaikplatte im Schachbrettmuster, den einer der Freunde des Captains ihm aus Neapel mitgebracht hatte. Kein anderes Haus könnte denselben Platz in seinem Leben einnehmen.

Er hatte Zeit, über vieles nachzudenken; über sich und über seine alten Freunde hier. Ihm war aufgefallen, daß der Captain, wenn Mrs. Forrester an ihrer Arbeit war, ihr häufig zurief, «Maidy, Maidy», und sie dann von dort, wo sie gerade war, antwortete, «Ja, Mr. Forrester», ohne aber zu ihm zu kommen – als wüßte sie, daß er nichts verlangte, wenn er in diesem Ton nach ihr rief. Er wollte vielleicht wissen, ob sie in der Nähe war; oder vielleicht mochte er nur gern ihren Namen rufen und sie antworten hören. Je länger Niel in jenen friedlichen letzten Tagen dessen Lebens mit Captain Forrester zusammen war, desto mehr spürte er, daß der Captain seine Frau sogar besser kannte als sie sich selbst; und daß er sie, weil er sie kannte – um einen seiner eigenen Ausdrücke zu gebrauchen – hochschätzte.

6

Captain Forresters Tod, der Anfang Dezember eintrat, war eine Blitzmeldung, der einzige überregionale Zeitungsbericht, den die entmutigte Stadt Sweet Water seit langem geliefert hatte. Blumen und Telegramme kamen aus Ost und West, aber zufällig konnte keiner der engsten Freunde des Captains zu seiner Beerdigung kommen. Mr. Dalzell war in Kalifornien, der Präsident der Burlington-Bahn reiste in Europa. Die anderen waren auch weit weg oder gesundheitlich angegriffen. Doktor Dennison und Richter Pommeroy waren seine einzigen Vertrauten unter den Sargträgern.

Am Morgen der Beerdigung, als der Captain schon im Sarg lag und der Leichenbestatter im Salon Stühle aufstellte, hörte Niel ein Klopfen an der Küchentür. Dort fand er Adolph Blum mit einer großen weißen Schachtel.

«Niel», sagte er, «gibst du die bitte Mrs. Forrester und sagst ihr, sie sind von Rhein und mir für den Captain?»

Adolph trug seine alte Arbeitskleidung, wahrscheinlich die einzige Kleidung, die er hatte, und einen gestrickten Schal um den Hals. Niel wußte, daß er nicht zur Beerdigung kommen würde, also sagte er: «Willst du nicht hereinkommen und ihn sehen, 'Dolph? Er sieht genauso aus wie immer.»

Adolph zögerte, aber dann erblickte er durch das Erkerfenster den Mann des Bestattungsunternehmers und sagte, «nein, danke, Niel», stopfte seine roten Hände in die Jackentaschen und ging davon.

Niel nahm die Blumen aus der Schachtel, einen großen Arm voll gelber Rosen, die manch totes Kaninchen gekostet haben mußten. Er trug sie nach oben, wo Mrs. Forrester sich hingelegt hatte.

«Die sind von den Blum-Jungen», sagte er. «Adolph hat sie gerade an die Küchentür gebracht.»

Mrs. Forrester sah sie an und wandte dann mit zitternden Lippen den Kopf auf dem Kissen ab. Es war das einzige Mal an diesem Tag, daß er ihre bleiche Gefaßtheit zusammenbrechen sah.

Die Beerdigung war ein großes Ereignis. Alte Siedler und Farmersleute kamen aus der ganzen County, um der Leiche des Pioniers ans Grab zu folgen. Als Niel und sein Onkel mit Mrs. Forrester vom Friedhof zurückfuhren, sprach sie zum erstenmal, seit sie das Haus verlassen hatten. «Richter Pommeroy», sagte sie ruhig, «ich denke, ich lasse Mr. Forresters Sonnenuhr hinüberbringen und auf sein Grab stellen. Ich kann am Sockel eine Inschrift einmeißeln lassen. Sie scheint mir passender für ihn als jeder Stein, den wir kaufen könnten. Und ich werde daneben einige von seinen Rosenbüschen pflanzen.»

Als sie zum Haus zurückkamen, war es vier Uhr, und sie bestand darauf, ihnen Tee zu machen. «Ich hätte selbst gern welchen, und es ist besser, etwas zu tun. Wartet im Salon auf mich. Und, Niel, rück die Sachen wieder so hin, wie wir sie immer haben.»

Der graue Tag dunkelte, und als die drei bei ihrem Tee im Erker saßen, fiel Schneegestöber über die weiten Wiesen zwischen dem Hügel und der Stadt, und das Knarren der großen Pappeln um das Haus schien zu sagen, daß der Winter gekommen sei.

7

Eines Morgens im April war Niel allein im Anwaltsbüro. Sein Onkel litt schon lange an einem rheumatischen Fieber, und sein Neffe hatte sich um den Geschäftsalltag gekümmert.

Die Tür öffnete sich, und eine fremde und doch vertraute Gestalt stand da – er mußte einen Augenblick nachdenken, bis er erkannte, daß es Orville Ogden war, der früher so oft nach Sweet Water gekommen war, sich dort nun aber seit mehreren Jahren nicht hatte blicken lassen. Er sah keinen Tag älter aus; ein Auge war immer noch offen und klar, das andere trübe und richtungslos.

Er trug immer noch ein steifes Unterlippenbärtchen und einen gezwirbelten Schnurrbart in der grauen Farbe von altem Bienenwachs, und sein dünnes Haar war kühn über die kahle Stelle gebürstet.

«Sie sind doch Richter Pommeroys Neffe, nicht? Mir fällt Ihr Name nicht ein, mein Junge, aber ich erinnere mich an Sie. Ist der Richter nicht da?»

«Bitte nehmen Sie Platz, Mr. Ogden. Mein Onkel ist krank. Er war einige Monate nicht im Büro. Es ist ihm wirklich sehr schlecht gegangen. Kann ich irgend etwas für Sie tun?»

«Oh, es tut mir leid, das zu hören! Es tut mir leid.» Er sagte das so, als täte es ihm wirklich leid. «Wir alle werden wohl älter, ob es uns paßt oder nicht. Es veränderte viel, als Daniel Forrester von uns ging.» Mr. Ogden zog seinen Mantel aus, legte Hut und Handschuhe säuberlich auf den Schreibtisch und schien dann etwas ratlos zu sein. «Was fehlt Ihrem Onkel?» fragte er plötzlich.

Niel sagte es ihm. «Ich hätte diesen Winter ans College zurückgehen müssen, aber mein Onkel bat mich, zu bleiben und mich hier um seine Angelegenheiten zu kümmern. Es gab niemanden, dem er seine Geschäfte anvertrauen wollte.»

«Ach so, ach so», sagte Mr. Ogden nachdenklich. «Dann erledigen Sie jetzt seine Geschäfte?» Er machte eine Pause und überlegte. «Ja, da ist etwas, das ich mit ihm besprechen wollte. Ich halte mich hier nur ein paar Stunden auf, zwischen zwei Zügen. Ich könnte mit Ihnen darüber reden, und Sie könnten Ihren Onkel zu Rate ziehen und mir nach Chicago schreiben. Es ist eine vertrauliche Angelegenheit und betrifft jemand anders.»

Niel sicherte ihm seine Diskretion zu, aber Mr. Ogden schien es schwerzufallen, das Thema anzugehen. Er sah sehr ernst aus und zündete sich langsam eine Zigarre an.

«Es ist einfach ein ziemlich heikler Vorschlag, den ich Ihrem Onkel zu einem seiner Klienten unterbreiten möchte. Ich habe zur Zeit mehrere Freunde in der Regierung in Washington, Freunde, die sich alle Mühe geben würden, mir einen Gefallen zu tun. Ich dachte, wir könnten vielleicht eine Sondererhöhung der Pension für Mrs. Forrester durchsetzen. Diese Woche muß ich in Chicago sein, und wenn ich meine Geschäfte da erledigt habe, wäre ich gern bereit, nach Washington weiterzufahren und zu sehen, was sich tun läßt; vorausgesetzt natürlich, daß niemand, am wenigsten die Klientin Ihres Onkels, von meinem Betreiben in der Sache erfährt.»

Niel errötete. «Es tut mir leid, Mr. Ogden», brachte er heraus, «aber Mrs. Forrester ist keine Klientin meines Onkels mehr. Nach dem Tod des Captains hielt sie es für richtig, ihm ihre Angelegenheiten zu entziehen.»

Mr. Ogdens normales Auge wurde genauso ausdruckslos wie das andere.

«Was soll das heißen? Er ist nicht ihr Anwalt? Also, zwanzig Jahre lang –«

«Ich weiß, Sir, sie hat ihn nicht sehr rücksichtsvoll behandelt. Sie hat ihre Angelegenheiten sehr plötzlich jemand anderem übertragen.»

«Wem, wenn ich fragen darf?»

«Einem Anwalt hier in der Stadt, Ivy Peters.»

«Peters? Von dem habe ich nie gehört.»

«Nein, Sie bestimmt nicht. Er gehörte nicht zu den Leuten, die in früheren Zeiten im Forrester-Haus verkehrten. Er ist einer aus der jüngeren Generation, ein paar Jahre älter als ich. Einige Jahre vor dem Tod des Captains hat er einen Teil vom Land der Forresters gepachtet. Auf diese Weise hat Mrs. Forrester ihn kennengelernt. Sie hält ihn für einen guten Geschäftsmann.»

Mr. Ogden runzelte die Stirn. «Und ist er das?»

«Manche Leute denken es.»

«Ist er vertrauenswürdig?»

«Ganz im Gegenteil. Er übernimmt die Fälle, die kein anderer haben will. Vielleicht behandelt er Mrs. Forrester anständig, aber wenn er das tut, dann nicht aus Prinzip.»

«Das sind sehr bedauerliche Nachrichten. Arbeiten Sie weiter, mein Junge. Ich muß darüber nachdenken.» Mr. Ogden erhob sich und ging im Zimmer umher, die Hände hinter dem Rücken verschränkt. Niel wandte sich einem angefangenen Brief zu, um seinen Besucher nicht zu stören.

Ihm war klar, daß Mr. Ogdens Lage schwierig war. Er war Mrs. Forrester ergeben, und bevor Constance beschlossen hatte, Frank Ellinger zu heiraten, bevor Mutter und Tochter nach ihm ihre Angeln auswarfen, war Mr. Ogden häufiger zu den Forresters gekommen als irgendein anderer ihrer Freunde in Denver. Er war, wie Niel glaubte, seit jener Weihnachtsfeier, als er und seine

Familie mit Ellinger da waren, nicht mehr zurückgekommen. Sehr kurz darauf mußte er begriffen haben, worauf sein Weibervolk aus war; und er mußte, ob es ihm gefiel oder nicht, beschlossen haben, daß ihm nichts weiter übrigblieb, als sich da nicht einzumischen. Es war nicht die Schicksalswende der Forresters, die ihn ferngehalten hatte. Man konnte sehen, daß er tief besorgt war, daß er sich ernstlich Gedanken um sie machte.

Niel hatte seinen Brief beendet und begann einen anderen, als Mr. Ogden neben seinem Schreibtisch stehenblieb und seinen Bart fester und fester zwirbelte. «Sie sagen, dieser junge Anwalt hat keine Prinzipien? Manchmal haben Schufte eine Schwäche, ein bißchen Gefühl, wenn es um Frauen geht.»

Niel riß die Augen auf. Er dachte sofort an Ivys Grübchen.

«Eine Schwäche? Gefühl? Mr. Ogden, warum gehen Sie nicht in sein Büro? Ein Blick würde Sie überzeugen.»

«Oh, das ist nicht nötig! Ich verstehe.» Er blickte aus dem Fenster, von dem er gerade noch die Wipfel des Forrester-Wäldchens sehen konnte, und murmelte: «Arme Lady! So irregeführt. Sie sollte von Daniels Freunden beraten werden.» Er zog seine Uhr hervor und blickte darauf, während er über etwas nachdachte. Sein Zug sei in einer Stunde fällig, sagte er. Momentan ließe sich nichts tun. Einige Augenblicke später verließ er das Büro.

Danach war Niel überzeugt, daß Mr. Ogden ein Gespräch mit Mrs. Forrester erwog, als er unschlüssig mit der Uhr in der Hand dastand. Er hatte zur ihr gehen wollen und hatte es aufgegeben. Fürchtete er sein Weibervolk? Oder war es eine andere Art Feigheit, die Angst vor dem Verlust einer angenehmen Erinnerung, sie verändert und heruntergekommen zu sehen, die Furcht vor etwas, das ein ernüchterndes Licht auf die Vergangenheit werfen würde? Niel hatte seinen Onkel sagen hören, daß Mr. Ogden schöne Frauen bewundere, obwohl er eine häßliche geheiratet hatte, und daß er auf seine tiefgründige, unverbindliche Weise sehr galant sei. Vielleicht wäre er bei etwas gutem Zureden zu Mrs. Forrester gegangen, und möglicherweise hätte er ihr geholfen. Daß er nichts in diesem Sinne unternommen hatte, machte Niel bewußt, wie sehr sich seine eigenen Gefühle jener Lady gegenüber verändert hatten.

Mrs. Forrester selbst war es, die sich verändert hatte. Seit dem Tod ihres Mannes schien sie eine andere Frau geworden zu sein. Jahrelang hatten Niel und sein Onkel, die Dalzells und all ihre Freunde geglaubt, der Captain sei eine Last für seine Frau; eine Sorge, die sie verzehrte und überschattete und davon abhielt, all das zu sein, was sie sein könnte. Aber ohne ihn war sie wie ein Schiff ohne Ballast, das von jedem Wind hierhin und dorthin getrieben wird. Sie war fahrig und verstockt. Sie schien ihr Unterscheidungsvermögen verloren zu haben, ihre Fähigkeit, jeden mühelos und freundlich auf seinen angemessenen Platz zu verweisen.

Ivy Peters war zur Zeit der Krankheit und des Todes von Captain Forrester in Wyoming gewesen – abgerufen durch ein Telegramm, das meldete, in der Nähe seines

Grundbesitzes sei Öl gefunden worden. Er kam jedoch kurz nach der Beerdigung zurück und wurde häufiger denn je auf dem Forrester-Gelände gesehen. Da im Winter auf seinen Feldern nichts zu tun war, hatte er sich nach den Bürostunden damit vergnügt, die alte Scheune abzureißen. Man konnte ihn jederzeit auf der Veranda antreffen, wo er seine Zigarre rauchte, als sei er der Besitzer. Er verbrachte dort oft den Abend und spielte Karten mit Mrs. Forrester oder redete über seine Geschäftsvorhaben. Er hatte noch nicht sein Vermögen gemacht, war aber auf dem besten Wege dazu. Gelegentlich nahm er einen oder zwei Freunde, irgendwelche Burschen aus der Stadt, zum Abendessen bei Mrs. Forrester mit. Die Mütter und Schätzchen der Burschen waren zutiefst entrüstet. «Jetzt ist sie hinter den Jungen her», sagte Ed Elliotts Mutter. «Sie wird kindisch.»

Schließlich redete Niel ein offenes Wort mit Mrs. Forrester. Er sagte ihr, daß die Leute über Ivys häufige Anwesenheit dort klatschten. Er habe sogar auf der Straße Bemerkungen darüber gehört.

«Aber ich kann mich um ihr Gerede nicht kümmern. Sie haben immer über mich geredet, werden es immer. Mr. Peters ist mein Anwalt und mein Pächter; ich muß ihn sehen, und selbstverständlich gehe ich nicht in sein Büro. Ich kann nicht jeden Abend allein im Haus sitzen und stricken. Wenn du mich häufiger besuchen würdest, als du es tust, dann würde es erst recht Gerede geben. Du bist noch jünger als Ivy – und siehst besser aus! Ist dir das nie in den Sinn gekommen?»

«Ich wünschte, Sie würden nicht so mit mir reden», sagte er kühl. «Mrs. Forrester, warum gehen Sie nicht fort? Nach Kalifornien, zu Leuten ihres eigenen Schlages. Sie wissen, daß diese Stadt nichts für Sie ist.»

«Ich habe es vor, sobald ich dieses Anwesen verkaufen kann. Es ist alles, was ich habe, und wenn ich es Pächtern überlasse, wird es herunterkommen, und ich kann es nicht mit Gewinn verkaufen. Deswegen ist Ivy so oft hier, er versucht, das Ganze ansehnlich zu machen, hat die alte Scheune abgerissen, die inzwischen schon ein Schandfleck war, hat neue Dielen in den Verandaboden gelegt, wo die alten verrottet waren. Nächsten Sommer werde ich das Haus streichen. Wenn ich all das nicht instandhalte, kann ich nie meinen Preis dafür kriegen.» Sie redete nervös, mit übertriebenem Ernst, als versuche sie, sich selbst zu überzeugen.

«Und was verlangen Sie jetzt dafür, Mrs. Forrester?»

«Zwanzigtausend Dollar.»

«Das werden Sie nie bekommen. Jedenfalls nicht bevor sich die Zeiten gewaltig verändert haben.»

«Genau das sagte auch dein Onkel. Er würde nicht versuchen, es für mehr als zwölf zu verkaufen. Deswegen mußte ich es jemand anders übergeben. Die Zeiten haben sich verändert, aber es ist ihm nicht klar. Mr. Forrester selbst hat mir erzählt, daß es so viel wert ist. Ivy sagt, er kann für mich zwanzigtausend kriegen, oder wenn nicht, nimmt er es mir ab, sobald seine Investitionen anfangen, Zinsen abzuwerfen.»

«Und inzwischen vergeuden Sie hier Ihr Leben.»

«Nicht ganz.» Sie sah ihn mit flehender Überzeugungskraft an. «Ich erhole mich nach einer langen Anstrengung. Und während ich warte, finde ich neue Freunde unter den jungen Männern – in deinem Alter und etwas jünger. Ich habe schon seit langem etwas für die Jungen in dieser Stadt tun wollen, aber ich hatte zuviel Arbeit. Ich kann einfach nicht mit ansehen, daß sie aufwachsen wie Wilde, wenn sie lediglich ein zivilisiertes Haus brauchen, das sie besuchen können, und eine Frau, die ihnen ein paar Hinweise gibt. Sie hatten nie eine Chance. Du wärst nicht der Junge, der du bist, wenn du nie nach Boston gegangen wärst – und du hattest immer ältere Freunde, die bessere Tage gesehen hatten. Stell dir vor, du wärst aufgewachsen wie Ed Elliott und Joe Simpson?»

«Ich bilde mir ein, auch dann wäre ich nicht genau wie sie! Aber es hat keinen Sinn, darüber zu diskutieren, wenn sie darüber nachgedacht haben und zu einem Entschluß gekommen sind. Ich habe darüber gesprochen, weil ich dachte, Ihnen sei vielleicht nicht klar, was die Stadtleute davon halten.»

«Ich weiß!» Sie warf den Kopf zurück. Ihre Augen funkelten, aber ohne Heiterkeit darin – es war eher hysterischer Trotz. «Ich weiß, sie nennen mich die Lustige Witwe. Es gefällt mir fast!»

Niel verließ das Haus ohne weitere Auseinandersetzung, und obwohl der Vorfall drei Wochen zurücklag, war er seitdem nicht wiedergekommen. Mrs. Forrester hatte inzwischen seinen Onkel besucht. Der Richter verhielt sich ihr gegenüber höflich wie immer, war aber tief verletzt von ihrer Treulosigkeit. Seine liebevolle Fürsorge um sie würde nie wiederaufleben. Er hatte seit zwanzig Jahren Captain Forresters sämtliche Geschäfte erledigt, und seit dem Konkurs der Denver-Bank hatte er von dem ihm anvertrauten Geld nie einen Penny Gebühren abgezogen. Mrs. Forrester hatte ihn sehr schlecht behandelt. Sie hatte ihm überraschend gekündigt. Eines Tages war Ivy Peters mit einer schriftlichen Vollmacht von ihr ins Büro gekommen, in der verlangt wurde, ihm eine Abrechnung und alles an Kapital und Wertpapieren auszuhändigen. Seitdem hatte sie nie mit dem Richter über die Angelegenheit gesprochen – auch nicht mit Niel, außer während jenes Gesprächs über den Verkauf des Anwesens.

8

Eines Morgens, als ein warmer Maiwind den Staub die Straße entlangwirbelte, kam Mrs. Forrester lächelnd in Richter Pommeroys Büro. Sie trug einen neuen Frühlingshut und ein kurzes schwarzes Samtcape, das am Hals mit einem Veilchenstrauß zusammengehalten war. «Bitte sei so gut und würdige meine neuen Sachen, Niel», sagte sie schmeichelnd. «Es sind seit ewigen Zeiten die ersten für mich.»

Er sagte ihr, daß sie sehr hübsch seien.

«Und freust du dich nicht, daß ich endlich welche habe?»

Sie lächelte fragend durch ihren Schleier. «Ich habe das Gefühl, du wirst heute nicht böse mit mir sein und tun, worum ich dich bitte. Es ist nichts besonders Lästiges. Ich möchte, daß du Freitagabend zum Essen kommst. Wenn du kommst, sind wir acht, einschließlich Annie Peters. Es sind alles Jungen, die du kennst, und wenn du sie nicht magst, dann solltest du dich darum bemühen! Ja, das solltest du!» Sie nickte ihm streng zu. «Da es dir etwas ausmacht, was die Leute sagen, Niel, fürchtest du dann nicht, sie werden sagen, du seist ein Snob, nur weil du in Boston warst und ein bißchen von der Welt gesehen hast? Du darfst nicht so steif sein, so – so überheblich! Es ist unpassend in deinem Alter.» Sie zog die Brauen zu einem waagerechten Stirnrunzeln zusammen, welches dem seinen so ähnlich war, daß er lachte. Er hatte fast ihr altes Nachahmungstalent vergessen.

«Wozu wollen Sie mich dabeihaben? Sie haben immer gesagt, es sei nicht gut Leute einzuladen, die nicht kontaktfreudig sind.»

«Du kannst recht umgänglich sein, wenn du dich bemühst. Und diesmal tust du es, für mich. Nicht wahr?»

Als sie gegangen war, nahm Niel es sich selbst sehr übel, daß er sich hatte beschwatzen lassen.

Am Freitagabend traf er als letzter Gast ein. Es war ein warmer Abend nach einem heißen Tag. Die Fenster standen offen, und der Fliederduft drang in den dämmrigen Salon, wo die Jungen in Sesseln herumsaßen, die für sie zu groß erschienen. Eine Lampe brannte im Eßzimmer, und dort vor der Anrichte stand Ivy Peters und mixte Cocktails. Seine Schwester Annie war in der Küche und half der Gastgeberin. Mrs. Forrester kam einen Augenblick herein, um Niel zu begrüßen, entschuldigte sich dann und eilte zurück zu Annie Peters. Durch die offene Tür sah er, daß auf dem Eßtisch die Silberschüsseln wieder aufgetaucht waren und die Kerzenhalter und Blumen. Die jungen Männer, die im Zwielicht herumsaßen, würden keinen Unterschied erkennen, dachte er, wenn sie an jenem Tag ihren Tisch aus dem Lager von Wernz' Steingutladen bestückt hätte. In deren Vorstellung war richtig feines Eßgeschirr etwas, das Schwester oder Schatz «handbemalt» hatte. Jeder Junge saß mit übergeschlagenen Beinen, schwang einen gelben Schuh in der Luft und stellte eine gelbe Seidensocke zur Schau. Sie redeten über Kleidung. Joe Simpson, der gerade das Bekleidungsgeschäft seines Vaters geerbt hatte, brannte darauf, ihnen über die kommende Sommermode zu erzählen.

Ivy Peters kam herein und schüttelte seine Drinks. «Ihr Burschen seid wie ein Haufen Mädchen – immer redet ihr darüber, was ihr anziehen werdet und wie ihr euer Geld ausgeben könnt. Simpson würde nicht sehr schnell reich werden, wenn ihr alle eure Kleidung so lange tragen würdet wie ich. Wann habe ich diesen Anzug gekauft, Joe?»

«Oh, etwa in dem Jahr, als ich den Oberschulabschluß machte, glaube ich!»

Sie alle lachten über Ivy. Egal, was er tat oder sagte,

sie lachten – als Anerkennung für seinen allgemeinen Erfolg.

Mrs. Forrester kam zurück und fächelte sich mit einem kleinen Sandelholzfächer Luft zu. Als sie auftauchte, erhoben sich die Jungen – alarmiert wie man der Plötzlichkeit des Vorgangs wegen hätte denken können. Soviel jedenfalls hatte sie ihnen erfolgreich beigebracht.

«Sind Ihre Cocktails fertig, Ivy? Sie müssen einen Augenblick auf mich warten, während ich mir etwas die Nase pudere. Hätte ich gewußt, wie heiß es heute abend ist, dann hätte ich Ihnen, fürchte ich, keinen Braten gemacht. Ich habe mehr Farbe als die Enten. Sie können trotzdem schon einschenken. Ich bin gleich zurück.»

Sie verschwand in ihrem Zimmer, und die Jungen setzten sich mit derselben verblüffenden Promptheit. Ivy Peters trug das Tablett herum, und sie hielten ihre Gläser vor sich, während sie auf Mrs. Forrester warteten. Als sie kam, nahm sie Niels Arm und führte ihn ins Eßzimmer. «Hast du bemerkt», flüsterte sie ihm zu, «wie sie ihre Gläser halten? Was stellen sie mit einem kleinen Glas an, daß es so vulgär aussieht. Niemand könnte ihnen je beibringen, wie man eins aufnimmt und daraus trinkt, selbst wenn Tee darin wäre!»

Laut sagte sie: «Niel, würdest du die Kerzen für mich anzünden? Und setz dich dann bitte an den Kopf des Tisches. Kannst du Enten zerlegen?»

«Nicht so gut wie – wie mein Onkel», murmelte er und setzte vorsichtig einen Kerzenschirm zurück.

«Oder wie Mr. Forrester? Das verlange ich gar nicht.

Niemand kann heute vorschneiden, wie die Männer früher. Aber ich nehme an, du kannst sie auseinanderkriegen? Der Platz zu deiner Rechten ist für Annie Peters. Sie bringt für mich das Essen herein. Setzen Sie sich, Gentlemen!» sagte sie mit einer kleinen spöttischen Verbeugung und schwingenden Ohrringen.

Während Niel die Enten zerlegte, glitt Annie in den Stuhl neben ihm, und ihr von Natur schon rotes Gesicht glühte von der Ofenhitze. Sie war einige Jahre jünger als ihr Bruder, dem sie in allem blind gehorchte. Sie hatte einen äußerst schlechten Teint und strohblondes Haar mit weißen Lichtern darin, genau in der Farbe von Sirupkaramel, der gezogen wird, bis er glänzt. Während des Essens sprach sie kein einziges Mal, es sei denn um «Danke», oder «Nein, danke», zu sagen. Außer Mrs. Forrester redete niemand viel, bis die erste Portion Ente verzehrt war. Die Jungen hatten noch nicht gelernt, zwei Dinge gleichzeitig zu tun. Sie hielten nur inne, um ihre Gastgeberin zu fragen, ob sie «das Gelee möchte», oder um auf ihre Fragen zu antworten. Niel beobachtete Mrs. Forrester zwischen den Kerzen, wie sie dem einen oder anderen aufmunternd zunickte, versuchte, «sie herauszulocken«, über die derben Scherze von Roy Jones lachte oder Joe Simpson zu seiner neuen Würde als Geschäftsmann mit eigenem Geschäft gratulierte. Die langen Ohrringe schwangen neben den mageren Wangen, die seiner Meinung nach durch das Rouge, das sie aufgelegt hatte, als sie kurz vor dem Essen in ihr Zimmer gegangen war, keineswegs besser aussahen. Einige Frauen machte es anziehender, aber nicht sie – zumindest nicht an diesem Abend, an dem ihre Augen vor Müdigkeit eingesunken waren und sie hager und verbraucht aussah, wie er sie noch nie gesehen hatte. Er seufzte bei dem Gedanken, wieviel Arbeit es bedeutete, ein solches Essen für acht Personen zu kochen – und dabei wäre ihnen ein Beefsteak mit Kartoffeln lieber gewesen! Sie mochten im Grunde diese Art Essen überhaupt nicht. Warum tat sie das? Wie würde sie heute Nacht darüber denken, wenn sie todmüde ins Bett sank, nachdem diese stumpfsinnigen Jungen gute Nacht gesagt und in ihren gelben Schuhen den Hügel hinabgegangen waren?

Sie aß überhaupt nichts, sie verbrauchte ihre ganze Vitalität, um diese schwerfälligen Burschen zum Reden anzustacheln. Niel begriff, daß er ihr helfen mußte, oder es wenigstens versuchen sollte. Er sprach sie einen nach dem anderen nachdrücklich und entschlossen an; er versuchte es mit Baseball, Politik, Klatsch, der Maisernte. Sie antworteten ihm einsilbig oder mit Ausrufen. Ihm wurde bald klar, daß sie seine höflichen Bemerkungen nicht wollten; sie wollten mehr Ente und damit in Ruhe gelassen werden.

Jedenfalls war das Essen schnell beendet. Die Verzögerungsversuche der Gastgeberin waren erfolglos. Der Salat und der Eispudding waren ebenso schnell verdrückt wie vorher der Braten. Die Gäste gingen in den Salon und zündeten sich Zigarren an.

Mrs. Forrester hatte die altmodische Vorstellung, daß Männer nach dem Essen allein sein sollten. Sie gesellte sich erst nach einer halben Stunde wieder zu ihnen. Vielleicht hatte sie sich oben hingelegt, denn sie sah ein bißchen erholt aus. Die Jungen redeten jetzt. Sie besprachen einen Campingausflug, den Ed Elliott in die Berge machen wollte. Sie gaben ihm Ratschläge über Campausrüstung, Forellenfliegen, Mückenschutz.

«Hört zu, Jungen», sagte Mrs. Forrester, nachdem sie ein Weilchen zugehört hatte, «ich habe vor, mir eine Sommerhütte oben in den Sierras zu kaufen, wenn ich nach Kalifornien zurückgehe, und ich lade Sie allesamt ein, mich zu besuchen. Sie müssen natürlich für Ihren Unterhalt arbeiten; Holzhacken und Wasser holen und die Töpfe und Pfannen waschen und Fisch zum Frühstück fangen. Ivy kann sein Gewehr mitbringen und für uns Wild schießen, und ich werde in einem Eisentopf Brot backen wie die alten Trapper, wenn ich nicht vergessen habe, wie es geht. Werden Sie kommen?»

«Und ob wir kommen! Sie kennen diese Berge wohl in- und auswendig?» sagte Ed Elliott.

Sie lächelte und schüttelte den Kopf. «Dazu würde man ein Leben lang brauchen, Ed, mehr als ein Leben lang. Die Sierras – sie sind endlos, und sie sind großartig.»

Niel wandte sich ihr zu. «Haben Sie den Jungen je erzählt, wie Sie Captain Forrester da draußen in den Bergen kennengelernt haben? Wenn sie die Geschichte noch nicht gehört haben, würden sie es, glaube ich, gern.»

«Würden Sie, wirklich? Also, es war einmal, als ich ein

sehr junges Mädchen war, ein Sommer, den ich mit Freunden meines Vaters in einem Camp in den Bergen zubrachte.»

Sie fing damit an, aber es war nicht der Anfang der Geschichte. Vor langer Zeit hatte Niel von seinem Onkel gehört, daß alles mit einem Skandal und einem Mord anfing. Als Marian Ormsby neunzehn war, hatte sie sich mit Ned Montgomery verlobt, einem protzigen jungen Millionär von der Goldküste. Wenige Wochen vor ihrem Heiratstermin wurde Montgomery in der Halle eines Hotels in San Francisco vom Ehemann einer anderen Frau erschossen. Der darauffolgende Prozeß erregte sehr großes öffentliches Interesse, und Marian wurde eilig neugierigen Augen entzogen und in die Berge hinaufgeschickt, bis die Affäre vorbei war.

Heute abend begann Mrs. Forrester mit «Es war einmal». Sie saß an einem Ende des großen Sofas, ihre Slipper auf einer Fußbank, den Kopf im Schatten, bewegte die Luft vor ihrem Gesicht mit dem Sandelholzfächer, und die Ringe glitzerten an ihren weißen Fingern. Sie erzählte ihnen, wie Mr. Forrester, damals Witwer, zum Camp hinaufgekommen war, um den Partner ihres Vaters zu besuchen. Sie hatte ihn kaum wahrgenommen – sie war den ganzen Tag mit den jungen Männern unterwegs. Eines Nachmittags hatte sie den jungen Fred Harney, einen furchtlosen Bergsteiger, überredet, mit ihr die Stirnseite des Eagle Cliffs hinunterzusteigen. Sie waren fast unten und krochen über einen Felsvorsprung, als das Seil riß und sie hinunterfielen. Harney stürzte auf die Felsen und war sofort tot. Das Mädchen verfing sich in einer Kiefer, die ihren Sturz aufhielt. Sie hatte sich beide Beine gebrochen und lag die ganze Nacht im Canyon in der bitteren Kälte, umfegt vom eisigen Canyonwind. Niemand im Camp wußte, wo man nach den fehlenden Mitgliedern der Gruppe suchen sollte – sie hatten sich allein zu ihrem tollkühnen Abenteuer davongestohlen. Niemand machte sich Sorgen, da Harney alle Pfade kannte und sich nicht verirren konnte. Aber als sie am Morgen immer noch vermißt wurden, machten sich Suchmannschaften auf. Captain Forresters Mannschaft war es, die Marian fand und über den unteren Pfad herausholte. Der Pfad war so steil und schmal, die Biegungen um die Felsvorsprünge so scharf, daß man sie unmöglich auf einer Bahre hinaustragen konnte. Die Männer trugen sie abwechselnd, die Schultern dicht an den Canyonwänden, während sie vorwärtskrochen. Sie litt entsetzlich wegen ihrer herabhängenden gebrochenen Beine – wurde wieder und wieder ohnmächtig. Aber sie bemerkte, daß sie weniger litt, wenn Captain Forrester sie trug, und daß er die gefährlichsten Strecken des Pfades selbst übernahm. «Ich konnte fühlen, wie sein Herz pumpte und seine Muskeln sich anspannten, als er sich und mich über die Felsen balancierte. Ich wußte, wenn wir abstürzen würden, dann zusammen. Er würde mich nie fallen lassen.»

Sie kamen zum Camp zurück, und alles Erdenkliche wurde für sie getan, aber bis ein Chirurg aus San Francisco heraufgebracht werden konnte, hatten die Brüche begonnen zusammenzuwachsen und mußten erneut gebrochen werden.

«Es war Captain Forresters Hand, die ich halten wollte, wenn der Chirurg etwas an mir vornehmen mußte. Du erinnerst dich, Niel, er hat immer damit geprahlt, daß ich nicht geschrien habe, als sie mich den Pfad hinauftrugen. Er blieb im Camp, bis ich anfangen konnte zu gehen, auf seinen Arm gestützt. Als er mich bat, ihn zu heiraten, brauchte er nicht ein zweites Mal zu bitten. Erstaunt Sie das?» Sie sah sich lächelnd im Kreis um und strich sich geistesabwesend mit den Fingerspitzen über die Stirn, als wollte sie etwas wegwischen – die Vergangenheit, oder die Gegenwart, wer weiß?

Die Jungen waren aufrichtig bewegt. Während sie ihre Fragen beantwortete, dachte Niel daran, wie er sie das erstemal die Geschichte hatte erzählen hören: Mr. Dalzell hatte mit einer Gruppe von Freunden aus Chicago haltgemacht; Marshall Field und der Präsident der Union Pacific waren dabeigewesen, wie er sich erinnerte, und sie waren in Mr. Dalzells Privatwaggon auf der Durchreise, um in den Black Hills zu jagen. Sie hatte sich seitdem doch nicht so sehr verändert. Niel spürte an dem Abend, daß der richtige Mann sie retten konnte, sogar jetzt noch. Sie war immer noch ihr unbezwingliches Selbst und spielte ihre alte Rolle – aber es waren nur noch die Bühnenarbeiter da, um ihr zuzuhören. All jene, die an großartigen Unternehmungen und glänzenden Ereignissen teilgenommen hatten, waren fort.

9

Im Laufe der Sommermonate besserte sich Richter Pommeroys Gesundheit, und sobald er in sein Büro zurückkehren konnte, begann Niel seine Rückkehr nach Boston zu planen. Er wollte am ersten August dort sein und mit einem Tutor arbeiten, um die verlorenen Monate aufzuholen. Es war eine melancholische Zeit für ihn. Er fieberte vor Ungeduld, fort zu sein, und dennoch fühlte er, daß er für immer fortgehen und den endgültigen Bruch mit allem vollziehen würde, das ihm in seiner Kindheit lieb gewesen war. Die Leute, das ganze Land selbst änderten sich so schnell, daß nichts da wäre, zu dem man zurückkommen könnte.

Er hatte das Ende einer Ära erlebt, den Sonnenuntergang des Pioniers. Er war hinzugestoßen, als ihr Glanz schon fast erloschen war. So stießen in den Büffelzeiten Leute unterwegs auf die Reste eines Jägerfeuers, nachdem der Jäger auf und davon war. Die Glut war ausgetreten, aber der Boden war noch warm, und das flachgedrückte Gras, wo er geschlafen hatte und wo seine Ponys gegrast hatten, erzählte die Geschichte.

Dies war das absolute Ende des bahnbauenden Westens. Die Männer, die Prärien und Berge ins Eisengeschirr gelegt hatten, waren alt. Einige waren arm, und sogar die Erfolgreichen strebten nach Ruhe und einer Gnadenfrist vor dem Tod. Es war schon vergangen, jenes Zeitalter. Nichts könnte es je zurückbringen. Seinen Geschmack und Geruch und sein Lied, die Wunschbilder, die jene Männer am Himmel gesehen hatten und denen sie gefolgt waren – sie hatte er als eine Art späten Widerschein in ihren Gesichtern erhascht – und dies würde immer ihm gehören.

Und dies verübelte er Mrs. Forrester am meisten; daß sie nicht bereit war, sich zu opfern, wie die Witwen all dieser großen Männer, und mit der Pionierzeit zu sterben, der sie angehörte; daß sie bedingungslos das Leben vorzog. Am Ende ging Niel fort, ohne sich von ihr zu verabschieden! Er ging fort mit müder Verachtung für sie im Herzen.

Es geschah einfach so – hatte kaum den Rang einer Episode. Es war nichts, und doch war es alles. Als er sie an einem Sommerabend besuchen ging, blieb er einen Augenblick am Eßzimmerfenster stehen, um sich das Geißblatt anzusehen. Die Eßzimmertür zur Küche war geöffnet, und dort stand Mrs. Forrester am Tisch und bereitete Teig. Ivy Peters trat durch die Küchentür ein, kam von hinten an sie heran und legte unbekümmert beide Arme um sie; seine Hände trafen über ihrer Brust zusammen. Sie bewegte sich nicht, sah nicht auf, sondern rollte weiter den Teig aus.

Niel ging den Hügel hinunter. «Zum letzten Mal», sagte er, als er die Brücke im Abendlicht überquerte, «zum letzten Mal.» Und es war tatsächlich so. Er ging nie wieder die pappelgesäumte Straße hinauf. Er hatte ihr ein Jahr seines Lebens geschenkt, und sie hatte es weggeworfen. Er hatte dem Captain geholfen, friedlich zu sterben, so glaubte er; und nun war es der Captain, der als die Wirklichkeit erschien. All die Jahre hatte er gedacht, es sei Mrs. Forrester, durch die das Haus sich so sehr von allen anderen unterschied. Aber seit dem Tod des Captains war es ein Haus, in dem alte Freunde wie sein Onkel verraten und abgelegt wurden, wo gewöhnliche Burschen sich ihrem Schlage entsprechend benahmen und eine gewöhnliche Frau erkannten, wenn sie sie sahen.

Hätte er nicht das Wesen eines Spaniels gehabt, sagte er sich, dann wäre er nach dem ersten Mal nie zurückgegangen. Eine doppelte Dosis war nötig gewesen, um ihn zu kurieren. Na gut, er hatte sie bekommen! Nichts was sie je tun könnte, würde ihm auch nur im geringsten etwas ausmachen.

Er hörte hin und wieder über sie, so lange sein Onkel lebte. *«Mrs. Forresters Name wird überall mit Ivy Peters' in Zusammenhang gebracht»*, schrieb der Richter. *«Sie sieht nicht glücklich aus, und ich fürchte, ihre Gesundheit läßt nach, aber sie hat sich selbst in eine derartige Lage gebracht, daß die Freunde ihres Mannes ihr nicht helfen können.»*

Und wieder: *«Keine Nachrichten über Mrs. Forrester sind gute Nachrichten. Sie ist trostlos heruntergekommen.»*

Nach dem Tod seines Onkels hörte Niel, daß Ivy Peters schließlich das Forrester-Anwesen gekauft und eine Frau aus Wyoming geholt hatte, mit der er dort lebte. Mrs. Forrester war in den Westen gegangen – die Leute nahmen an, nach Kalifornien.

Es dauerte Jahre, bis Niel ohne Verdruß an sie denken konnte. Aber nachdem sie schließlich aus seinem Gesichtskreis verschwunden war, als er nicht wußte, ob Daniel Forresters Witwe lebte oder tot war, kehrte Daniel Forresters Frau zu ihm zurück, eine leuchtende unpersönliche Erinnerung.

Er wurde sehr froh, daß er sie gekannt hatte und daß sie an seiner Einführung ins Leben teilgehabt hatte. Er hatte seitdem hübsche Frauen kennengelernt, und kluge – aber nie wieder eine, die so war wie sie in ihren besten Zeiten. Wenn ihre Augen einen Moment in seine lachten, schienen sie eine unbändige Freude zu verheißen, die er im Leben nicht gefunden hatte. «Ich weiß, wo sie ist», schienen sie zu sagen, «ich könnte sie dir zeigen!» Er würde gern den Geist der jungen Mrs. Forrester heraufbeschwören, wie die Hexe von Endor den Geist Samuels beschwor, und ihn herausfordern, ihm das Geheimnis jener Glut abverlangen; sie fragen, ob sie wirklich eine ewig-blühende, ewig-brennende, ewig-durchdringende Freude gefunden hatte, oder ob alles hervorragende Schauspielerei gewesen sei. Wahrscheinlich hatte sie nicht mehr gefunden als jeder andere. Aber sie hatte immer die Kraft, Vorstellungen zu erwecken, weit lieblicher als sie selbst, wie der Duft einer einzigen Blume die ganze Süße des Frühlings heraufbeschwören kann.

Niel sollte noch einmal von seiner lange verlorenen Lady hören. Als er eines Abends den Speisesaal eines Chicagoer Hotels betrat, kam ein breitschultriger Mann mit offenem, sonnengebräuntem Gesicht auf ihn zu und stellte sich als einer der Jungen vor, die in Sweet Water aufgewachsen waren.

«Ich bin Ed Elliott, und ich dachte, das müßtest du sein. Könnten wir einen gemeinsamen Tisch nehmen? Ich habe einer alten Freundin von dir versprochen, dir etwas auszurichten, falls ich dir je über den Weg laufen sollte. Du erinnerst dich an Mrs. Forrester? Also, ich habe sie wiedergesehen, zwölf Jahre nachdem sie Sweet Water verlassen hatte – unten in Buenos Aires.» Sie setzten sich und bestellten das Essen.

«Ja, ich war geschäftlich in Südamerika. Ich bin Bergbauingenieur, ich war einige Zeit in Buenos Aires. Eines Abends gab es irgendein Bankett in einem der großen Hotels, und ich kam zufällig aus der Bar, als gerade ein Auto vor den Eingang fuhr, wo die Gäste hineingingen. Ich achtete nicht darauf, bis ich eine der Ladies lachen hörte. Ich erkannte sie an ihrem Lachen, das hatte sich keinen Deut verändert. Sie war völlig in Pelze eingewikkelt, mit einem Schal um den Kopf, aber ich sah ihre Augen, und dann war ich mir sicher. Ich ging hin und sprach sie an. Sie schien erfreut, mich zu sehen, sie brachte mich dazu, ins Hotel zu gehen, und redete mit mir, bis ihr Mann kam, um sie zum Essen abzuschleppen. O ja, sie war wieder verheiratet – mit einem reichen alten Kauz von Engländer. Er war da unten geboren, erzählte sie mir, aber sie hatte ihn in Kalifornien kennengelernt. Sie erzählte, daß sie auf einer großen Viehranch lebten und in ihrem Auto zu diesem Bankett heruntergekommen seien. Ich habe mich später erkundigt und herausgefunden, daß der Bursche ein ziemliches Unikum war; war vorher schon zweimal verheiratet gewesen, einmal mit einer Brasilianerin. Die Leute sagten, er sei sehr reich, aber streitsüchtig und ziemlich geizig. Sie hatte anscheinend trotzdem alles. Sie reisten in einem noblen französischen Wagen, und sie hatte ihre Zofe mitgebracht und er seinen Kammerdiener. Nein, sie hatte sich nicht so sehr verändert, wie du vielleicht denkst. Sie war natürlich stark geschminkt, wie die meisten Frauen da unten; eine Menge Puder und auch ein bißchen Rouge, glaube ich. Ihr Haar war schwarz, schwärzer, als ich es in Erinnerung hatte; sah aus, als würde sie es färben. Sie lud mich ein, sie auf ihrem Landgut zu besuchen, und der alte Herr ebenfalls, als er sie holen kam. Sie erkundigte sich nach jedem und sagte, ‹falls du irgendwann einmal Niel Herbert triffst, grüß ihn ganz herzlich von mir und sag ihm, daß ich oft an ihn denke.› Sie sagte noch einmal, ‹erzähl ihm, daß sich für mich alles zum Guten gewandt hat. Mr. Collins ist der liebenswürdigste aller Ehemänner.› Ich suchte auf meinem Rückweg aus Südamerika dein New Yorker Büro auf, aber du warst irgendwo in Europa. Es war erstaunlich, wie sie sich wieder gefangen hatte. Sie schien ziemlich heruntergekommen zu sein, bevor sie aus Sweet Water wegging.»

«Glaubst du», sagte Niel, «sie könnte noch am Leben sein? Ich möchte fast hinreisen und sie besuchen.»

«Nein, sie ist vor etwa drei Jahren gestorben. Das weiß ich mit Sicherheit. Nachdem sie Sweet Water verlassen hatte, schickte sie immer jedes Jahr, egal wo sie war, einen Scheck an den Veteranenverein der Nordstaatenarmee, damit am Gefallenengedenktag Blumen auf Captain Forresters Grab gelegt würden. Vor drei Jahren bekam der Verein einen Brief von dem alten Engländer mit einem Wechsel für die zukünftige Betreuung von Captain Forresters Grab, *‹im Gedenken an meine verstorbene Frau, Marian Forrester Collins›*.»

«Also dürfen wir sicher sein, daß bis zuletzt gut für sie gesorgt wurde», sagte Niel. «Dafür sei Gott gedankt!»

«Ich wußte, du würdest so empfinden», sagte Ed Elliott, und eine Welle warmen Gefühls glitt über sein Gesicht. «Mir ging es genauso!»

Nachwort

In den durchweg begeisterten Kritiken, die der Roman *A Lost Lady* 1923 erhielt, findet sich der Satz: «Wer Captain Forrester und Marian Forrester kennenlernt, der lernt ein Zeitalter und eine Klasse in Amerika verstehen.» Genau dies war es, was Willa Cather mit ihrem Buch erreichen wollte: eine entschwundene Zeit wieder ins Bewußtsein zu bringen. Sie verstand sich als Spurenleserin wie Niel Herbert, von dem sie im Roman schreibt: «Er hatte das Ende einer Ära erlebt, den Sonnenuntergang des Pioniers. Er war hinzugestoßen, als ihr Glanz schon fast erloschen war. So stießen in den Büffelzeiten Leute unterwegs auf die Reste eines Jägerfeuers, nachdem der Jäger auf und davon war. Die Glut war ausgetreten, aber der Boden war noch warm, und das flachgedrückte Gras, wo er geschlafen hatte und wo seine Ponys gegrast hatten, erzählte die Geschichte.»

Die Geschichte, die Willa Cather erzählt, hatte ein Leben lang in ihr geschlummert. In ihrem Gehirn, sagte sie, wimmele es von Gespenstern, die nach Verkörperung drängen. So war auch «*A Lost Lady* zwanzig Jahre lang ein schönes Gespenst in meinem Geist». Der Weg zur Romanfigur war, als der Anlaß sich bot, dann nur ein Katzensprung: 1921 las Willa in der Heimatzeitung die Todesanzeige von Frau Lyra Anderson, die als Lyra

Garber das Idol ihrer Jugend war. Sie zog sich in ihr Schlafzimmer zurück, und binnen einer Stunde war die Geschichte im Kopf skizziert.

Lyra Garber war die Frau von Silas Garber, in dem Willa das Urbild des Pioniers sah. Als ehemaliger Offizier der Union war er 1870 mit einer kleinen berittenen Gefolgschaft nach Nebraska gekommen und hatte auf einer Anhöhe über dem Republican River ein Gelände eingezäunt, dem er den Namen eines befreundeten Indianerhäuptlings gab: Red Cloud, Rote Wolke. So wurde Garber Gründer der Stadt, in der Willa Cather aufwuchs. Eine typische Pioniers-Karriere führte ihn binnen vier Jahren von der grasbedeckten Lehmhütte in die Gouverneurs-Villa des jungen Staates Nebraska. Nach zwei Amtszeiten kehrte er nach Red Cloud zurück und baute sich auf dem Hügel am Stadtrand das Haus mit dem Pappelhain, das im Roman beschrieben ist.

Das Garbersche Haus war das gesellige Zentrum von Red Cloud und das Eldorado von Willa Cathers Jugend. Um wirklich gut arbeiten zu können, hat sie später erklärt, müsse sie so sorglos sein, «als ob ich wieder dreizehn wäre und zum Picknick in Garbers Wäldchen ginge». Garber gehörte zu den Mächtigen des Ortes, war Gründer der Bank, deren Gebäude noch heute steht und deren Bankrott die Familie später ruinierte. Zu Willas Mädchenzeit aber war Lyra Garber noch die umschwärmte Gastgeberin der Stadt. Sie stammte aus Kalifornien, war Garbers zweite Frau und eine Generation jünger als ihr Mann, eine lebhafte, gesellige Person, in deren Hause Willa die Eisenbahn-Aristokratie des Landes kennen und bewundern lernte. Willa liebte alles an Lyra Garber: ihre eleganten Kleider, ihr schönes Haar, vor allem aber «ihr Lachen, das mich mit Glück überrieselte bis in die Zehenspitzen».

Als Porträt dieser Frau war *A Lost Lady* gedacht. Es sollte kein Charakterbild sein, sondern «ein Porträt wie eine feine Miniatur, auf Elfenbein gemalt». Marian Forrester bildete, hat Willas Lebensgefährtin Edith Lewis später geschrieben, «direkter als irgendeine andere ihrer Romanfiguren eine lebende Person ab», mit Ausnahme von Antonia. Statur, Situation und Schicksal der Garbers sind dokumentarisch genau geschildert; Zutat ist nur der Ehebruch und die Melancholie, die Willas Perspektive bestimmt.

Beide Garbers waren 1922, als Willa den Roman schrieb, nicht mehr am Leben. Dennoch verlegte sie, um entfernte Verwandte nicht zu kränken, die Geschichte zunächst nach Colorado, doch das, fand sie schnell heraus, funktionierte nicht; ihre Erinnerung war zu intensiv und ortsgebunden, und so wurde Sweet Water zum kaum verhüllten Abbild von Red Cloud. Ein anderes Problem war, Lyra Garber darzustellen «genau so, wie ich mich an sie erinnere, und die Wirkung zu produzieren, die sie auf mich und die vielen anderen, die sie kannten, hatte». Dazu brauchte die Autorin den Spiegel, den sie in ihrem Erzähler Niel Herbert erfand, dem Jungen, der zu Beginn das Alter hat, in welchem Willa Lyra Garber zum erstenmal begegnete.

A Lost Lady ist die Geschichte vom Ende der Pionierzeit, und die Melancholie, die den Roman grundiert, hat nicht nur mit der Entwurzelung von Marian Forrester zu tun, sie reflektiert auch Willa Cathers eigene Stimmung. Sie hat später im Rückblick gesagt, daß «um 1922 die Welt entzweibrach» und daß sie sich seither zu den Gestrigen rechnete, den Rückwärtsgewandten. Als sie den Roman schrieb, befand sie sich, im fünfzigsten Lebensjahr, in einer Midlife-Crisis, die mit ihrem persönlichen Leben zu tun hatte, aber auch mit dem Zeitgeist, dem sie sich entfremdet fühlte. Es war die Zeitspanne zwischen Erstem Weltkrieg und Depression, das Zeitalter von Jazz und Prohibition, und der robuste Erfolgsmensch, der den Pionier verdrängt hatte, war ihr zuwider. «Mit dem Wohlstand kam eine Art Seelenkälte», läßt sie eine ihrer Romanfiguren sagen; «jeder will Dinge zerstören, auf die er früher stolz war». Der «neue Amerikaner» ist rücksichtslos und grob, arrogant und ohne Moral. Diese Generation der gerissenen jungen Männer, personifiziert in Ivy Peters, zerstört «den Raum, die Eigenart, die fürstliche Sorglosigkeit des Pioniers und zerschneidet sie in profitable Stückchen, wie die Streichholzfabrik den Urwald zersplittert». Der Alte Westen war von Träumern besiedelt worden, von großherzigen Abenteurern, «einer ritterlichen Bruderschaft, stark im Angriff, aber schwach in der Verteidigung, die erobern konnte, aber nicht halten». Ivy Peters und seinesgleichen vertreiben die Morgenfrische und räumen auf mit den freiheitlichen Gesten, sowie er Forresters geliebte Marsch entwässert.

In diesem Zusammenprall mit der neuen Welt überlebt Marian Forrester, wenngleich resigniert, durch pure Lebenskraft. Niel, ihr Verehrer, verübelt ihr, daß sie nach dem Tode ihres Mannes «nicht bereit war, sich zu opfern, wie die Witwen all dieser großen Männer, und mit der Pionierzeit zu sterben, der sie angehörte». Niel ist indessen nicht Willa Cathers Sprachrohr. Sie verurteilt Marian Forrester so wenig, wie der Captain seiner Frau den Seitensprung verübelt. Alles von ihr wissend schätzt er sie. Marian Forrester ist nicht als amerikanische Emma Bovary gedacht. Der Pioniergeist, aus dem sie lebt, läßt sie nicht in Selbstzerstörung enden, sondern den Untergang der goldenen Ära überdauern.

Die Tochter der Prärie

ZUR EINFÜHRUNG IN WILLA CATHERS LEBEN UND WERK

Willa Cathers Welt ist die amerikanische Prärie. Zwar hat sie den größeren Teil des Lebens in New York verbracht, hat, wie sie sagte, unter Schriftstellern und Musikern gelebt, um ihr Handwerk zu lernen; ihr Herz aber hat nie den Missouri überquert. Im Steingebirge von Manhattan und über den Lärm der zwanziger Jahre hinweg vernahm sie den Wind, der das Grasland bewegte, «diesen verhaßten, lieben alten immerwährenden Wind, der wie ein Kavalleriesturm daherkommt und der nicht aufzuhalten noch zu bändigen ist». Kein Fleck auf Erden, gestand sie, war ihr so lieb wie die «Divide», der Landstrich zwischen Republican und Little Blue River in Nebraska nahe dem exakten geographischen Mittelpunkt des Kontinents. Dies grenzenlose Gelände hat sie als kleines Mädchen geängstigt und bedrängt. Sie suchte ihm mit allen Energien zu entkommen und ist ihm doch ihr Leben lang verhaftet geblieben. Von den ersten Geschichten an, die Willa Cather als Studentin schrieb, war die Prärie ihr Thema; sie hat sie in Romanen und Erzählungen beschworen, gebändigt und verklärt, und das Gewebe, das sie aus abertausend Einzelheiten zusammenfügte, hat die Saga der Prärie in die amerikanische Literatur eingebracht.

Was Willa Cather beschäftigte, war zu der Zeit, in der sie es beschrieb, bereits Vergangenheit. Die «Frontier», die offizielle Siedlungsgrenze des Landes, war um 1890 nicht mehr vorhanden. Von Küste zu Küste war das Land erschlossen, und die Realität der «Frontier» wurde immer mehr verdrängt durch ihren Mythos. «Die Frontier ist verschwunden, und damit ist die erste Periode der amerikanischen Geschichte abgeschlossen», erklärte 1893 ein Historiker, während er aufzählte, was alles der amerikanische Charakter der Frontier verdanke: Kraft und nervöse Energie, ausgeprägten Individualismus, vor allem aber «Spannkraft und Überschwang, die mit Freiheit einhergehen». Ganz ähnlich formuliert es Willa Cather zwanzig Jahre später: «Das Fehlen natürlicher Grenzen ließ den Geist weiter schweifen.»

Das blasse Wort «Grenze» gibt den magischen Effekt nicht wieder, den die «Frontier», der weite, unerschlossene Westen, auf die Phantasie von Amerikanern und Europäern bis heute hat. Cathers Westen ist nicht der Wild West der Cowboys. Es ist die grenzenlose Fläche der Great Plains, des Prärielands, das sich vom Missouri bis ans Felsgebirge der Rocky Mountains erstreckt. Dies ist tiefster Mittelwesten, Herzland von Nordamerika. Wer hier ankam, fühlte, «daß das Gras das Land war, wie das Wasser die See ist». Dies Land schien in Bewegung, wie im Dauerlauf begriffen; alles bewegte sich hier, der Wind, die Erde selbst, «als ob das Gras nur ein lockeres Fell sei und darunter Herden von Büffeln im Galopp, im Galopp». In den siebziger Jahren des vorigen Jahrhunderts, als die Siedler von der Prärie Besitz ergriffen, waren die Büffel nur noch Erinnerung. Die neuen Herren des Landes waren die Eisenbahnen, deren Gleise seit den sechziger Jahren die Prärie durchquerten. 1869 war die transkontinentale Zugverbindung hergestellt. Sieben Jahre vorher hatte der Kongreß den Homestead Act erlassen, der jedem Siedler freies Land für die Errichtung einer «Heimstatt» versprach.

Die Landnehmer stammten aus dem Osten und dem Süden des Landes, viele vom Bürgerkrieg entwurzelt. Die meisten Kolonisten indessen kamen aus Europa, angeworben wie früher die Söldner der Revolutionsarmee, doch jetzt von Eisenbahnen und Schiffslinien, die sich vor allem in Deutschland, Österreich und Skandinavien um die Erschließung dieses «Gardens of the West» bemühten. Vierzehn Millionen Europäer kamen in den siebziger und achtziger Jahren nach Amerika. Was sie im neuen Westen antrafen, sah freilich anders aus, als die Reklamen verheißen hatten. Es war ein Land, «mit allen ägyptischen Plagen gestraft..., von Trockenheit ausgedörrt und von Regengüssen durchweicht, mit Hagel geschlagen und von Bränden verzehrt und in den Heuschreckenjahren... kahl- und reingefressen wie Knochen, welche die Geier übriglassen». So hat es Willa Cather in einer frühen Erzählung beschrieben. In diese Wildnis gruben die ersten Siedler Höhlen, die sie mit Lehm und Gras abdeckten und in denen sie halb unterirdisch hausten, bis der bescheidene Ertrag zum Holzhaus reichte. Die Begegnung dieser Kolonisten, die aus den

Traditionen einer stabilen und komplexen europäischen Gesellschaft kamen, mit der vehementen Rohheit eines ungezähmten Kontinents ist Willa Cathers Thema.

Ihre Familie gehörte selbst zu dieser Pioniergeneration, wenngleich in deren letzter Phase. Geboren ist Willa Cather, die älteste von sieben Geschwistern, im Dezember 1873 in Virginia, wo die Familie seit sechs Generationen ansässig war. Der Vater züchtete Schafe, und man wohnte bequem in einem geräumigen Steinhaus. Der Bürgerkrieg hatte die Sippe gespalten: die Cathers waren Anhänger der Union, während die Verwandten der Mutter, die Boaks, für die alte Ordnung des Südens kämpften. Ein Bruder der Mutter war mit neunzehn Jahren an Kriegswunden gestorben, und diesem nie gesehenen Onkel zum Gedenken legte Willa sich später den Mittelnamen «Sibert» zu. Der Vater, von Willa innig geliebt, war ein charmanter und sanfter «Southern Boy»; Macht und Motor im Hause war die Mutter, eine strenge Herrscherin, die auch gelegentlich zur Peitsche griff. Doch sie hat nie versucht, die Kinder in Schablonen zu pressen; sie ließ jedem den individuellen Weg. Das kann im Falle Willa nicht leichtgefallen sein. Die älteste Tochter, auf den Namen Wilella getauft und von allen Willie genannt, verweigerte entschlossen die Rolle, welche die viktorianische Epoche jungen Mädchen abverlangte. Und mehr als das: sie spielte, so konsequent das ging, den Jungen. Daß die Mutter ihre Tochter gewähren ließ, zeugt für eine ungewöhnlich liberale Erziehung.

Als Willa neun Jahre alt war, zog die Familie aus der

behüteten Welt des Shenandoah-Hügellands auf die Prärie. Nicht aus schierer Abenteuerlust, sondern aus Angst vor der Tuberkulose, die im feucht-schwülen Virginia verbreitet war. Ein Bruder des Vaters war schon 1873 dem großen Zug nach Westen gefolgt und hatte in dem neuen Staat Nebraska, der damals gerade sieben Jahre alt war, Land erworben. Auf jenem grasbedeckten Plateau, das die Siedler «the Divide» nannten, begannen Onkel George und Tante Franc das Leben auf der Prärie im klassischen Pionierstil: im lehmgedeckten «Dugout» im ersten Jahr, im nächsten schon im Holzhaus, und nach zwei Jahren konnten sie bereits von sieben Apfelbäumen berichten. Ihre Briefe nach Virginia klangen so begeistert, daß Willas Großeltern väterlicherseits sich gleichfalls zum Umzug nach Nebraska entschlossen, und 1883 folgten Willas Eltern. Ein Brand der Scheune hatte den letzten Anstoß zum Verlassen der alten Heimat gegeben; Großmutter Boak und zwei Nichten kamen mit.

Die Verpflanzung war ein schlimmer Schock für das kleine Mädchen. Willa war einsam und heimwehkrank nach der geordneten Welt und den Bergen von Virginia. Wenn sie vierzig Jahre später behauptet, daß sie mit dieser unvertrauten Fremde rang, «bis mich am Ende des ersten Herbstes das struppige Grasland mit einer Leidenschaft ergriffen hatte, die ich nie mehr abschütteln konnte», dann hat sie diesen schwierigen Prozeß im Rückblick verkürzt. Noch Jahre nach dem Schock der ersten Begegnung gesteht sie, daß der Westen mit seinen endlosen Meilen rollender Prärie sie immer ein wenig ängstige; sie fühle sich wie ein Nichtschwimmer, den man ins Wasser werfe. Selbst nach einem Jahrzehnt an der Ostküste habe sie bei jedem Wiedersehen mit Nebraska Schwierigkeiten, sich dem rollenden Strom zu überlassen. Die Bedrohlichkeit der ungebändigten Natur und die Härte des Lebens auf der Prärie spiegeln sich in ihren frühen Erzählungen so ungemildert und von keiner Verklärung überhöht, daß die Autorin sich in späteren Jahren von diesen ersten Versuchen distanzierte. Sie vermitteln, meinte sie, ein falsches Bild der Wirklichkeit.

Diese Wirklichkeit sog das wißbegierige kleine Mädchen mit allen Poren ein. Willa war, wie sie von einer ihrer Figuren schreibt, «born interested», sie nahm die Umwelt mit allen Sinnen in sich auf. Schon in Virginia hatte sie den Erzählungen der Frauen zugehört, die aus den Bergen ins Haus kamen, und nichts davon hat sie vergessen. Noch am Ende ihres Lebens kehren Figuren und Geschehnisse aus ihrer frühesten Kindheit in Romanen und Geschichten wieder. Bilder und Begebenheiten prägten sich ihr ein, um irgendwann aus der Erinnerung hochzutauchen und literarische Form zu finden.

Jetzt hörte sie den Farmern rundum zu. Die meisten stammten aus Europa; in jenen Jahren lebten in Nebraska dreimal soviel Europäer wie Amerikaner, und die Cathers hatten kaum amerikanische Nachbarn. Willa spielte mit deutschen Kindern und hörte Predigten in schwedischer, französischer oder tschechischer Sprache. Vor allem aber liebte sie es, die alten Frauen von ihren Heimatländern und von den harten Anfängen im Neuland erzählen zu hören. Die alten Farmersfrauen, erinnert sie sich später, gaben ihr als erste die Ahnung einer anderen, älteren Welt jenseits des Ozeans. Keine spätere intellektuelle Begegnung habe sie intensiver bewegt als diese Vormittagsstunden, die sie mit den alten Frauen beim Backen oder Buttermachen verbrachte. In einer ihrer ersten Erzählungen hat Willa Cather diesen Nornen der Prärie ein Denkmal gesetzt. Ihr Leben lang hat sie Verbindung zu diesen Frauen gehalten. Vierzehn von ihnen standen auf ihrer Weihnachtsliste. Sie besuchte sie, wenn sie nach Nebraska kam, und während der Depression und in den Dürreperioden der dreißiger Jahre schickte sie ihnen Geld und Kleidung.

Eine der ersten Geschichten, die Willa von ihren Nachbarn hörte, war die vom Selbstmord des böhmischen Farmers Francis Sadilek, der dem harten Leben auf der Prärie nicht gewachsen war; er zerbrach die Geige, die er aus seiner Heimat mitgebracht hatte, und erschoß sich. Dies war nicht ferne Vergangenheit: Willa lernte wenig später Sadileks Tochter Annie kennen, mit der sie gleichfalls lebenslang Verbindung hielt. Über den tragischen Untergang des böhmischen Geigers schrieb Willa mit achtzehn Jahren ihre erste, gedruckte Geschichte *(Peter)*; sie hat sie noch einmal umgeschrieben und noch zweimal veröffentlicht, ehe sie in einer vierten Fassung als Episode im Roman *My Ántonia* ihre endgültige literarische Form fand. Da war die Tochter Annie Sadilek bereits die Hauptperson.

Nur anderthalb Jahre hat Willa Cather auf der Divide

verbracht. Als sie zehn Jahre alt war, zog die Familie in die Stadt, wo der Vater ein Maklerbüro für Grundbesitz und Farmdarlehen eröffnete. Das Städtchen Red Cloud indessen war kaum zwanzig Kilometer entfernt, und die Prärie war auch hier allgegenwärtig. Farmer kamen zum Einkauf in Miner's Store, und die Bürgerfamilien, oft selbst ehemalige Landleute, holten sich als Haushaltshilfen «hired girls», die Töchter der skandinavischen oder böhmischen Kolonisten. Die Geschicke der Pionierstadt waren mit ihrer Umgebung eng verwoben; Sandstürme und Heuschreckenplagen trafen Städter wie Farmer mit gleicher Wucht. Das Fenster zur weiten Welt jenseits des Graslands lieferte der Bahnhof, das «Depot». Red Cloud am Republican River war kaum älter als Willa, eine der vielen Gründungen, die entlang der Eisenbahngleise entstanden waren. Acht Passagierzüge der Burlington & Missouri Railroad kamen täglich durch, und in dieser Ära vor dem Speisewagen unterbrachen die Reisenden die Fahrt mit einer Mahlzeit im «Depot» von Red Cloud.

Die Jahre im Bannkreis der Prärie umfaßten Willa Cathers Kinder- und Schulzeit. Sie dauerten von 1883 bis 1890, also nur sieben Jahre insgesamt. Diese kurze Periode ist ihr Lebensstoff geworden, die Substanz, mit deren literarischer Umsetzung sie ihr Leben lang beschäftigt war. «Ein Schriftsteller macht sich sein wesentliches Material zu eigen, bevor er fünfzehn ist», hat sie später, schon auf der Höhe ihres Ruhmes, in einem Interview gesagt. Und in einem Brief an eine Freundin heißt es: «Das Leben begann für mich, als ich aufhörte zu bewundern, und begann, mich zu erinnern.» Alle Bilder und Geschichten, die sie in diesen sieben Jahren in sich aufgesogen hatte wie ein Schwamm, wurden über Jahrzehnte hin aus der Erinnerung zutage gefördert, in Literatur verwandelt und damit zu Symbolen und Legenden einer Zeit, die, als Willa Cather sie beschrieb, schon vergangen war. Immer wieder hat sie das Nebraska jener Jahre heraufbeschworen. Ob er Moonstone heißt oder Haverford, Sweet Water oder Black Hawk, es ist immer der gleiche Flecken in der Prärie, ein genauer Spiegel ihrer Kindheitsstadt Red Cloud, die sie zu einer mythischen Region der amerikanischen Literatur gemacht hat, so wie es Mark Twains Hannibal geworden ist.

Obwohl Red Cloud, als Umschlagsplatz entstanden, ein schnell gewachsenes Provinznest war, gab es doch genug interessante Leute, die hier hängengeblieben waren. Die Nachbarn der Familie Cather waren die Miners, mit deren Töchtern Willa eine lebenslange Freundschaft verbinden sollte. Herrn Miner gehörte der General Store, und Frau Miner war gebürtige Norwegerin, deren Vater Oboist im königlichen Orchester war. Willa verdankte dem Miner-Haushalt ihren ersten Zugang zu klassischer Musik. Nicht nur spielten Frau Miner und ihre Töchter Klavier, sie brachten auch einen entgleisten deutschen Wandermusiker, Herrn Schindelmeisser, ins Haus. In seinen Klavierstunden lernte Willa die Grundbegriffe der Musik, vor allem aber fesselten sie seine Erzählungen vom Musikleben in Europa. Es war ihre erste Begegnung mit einer Welt, der sie ihr Leben lang verbunden blieb bis hin zu ihrer späten Freundschaft mit der Familie Menuhin. Bei den Miners war Annie Sadilek beschäftigt, die Tochter des böhmischen Selbstmörders, die Ántonia des späteren Romans, der die Miner-Familie porträtgetreu in die Harlings verwandelt. Andere Nachbarn waren die Wieners, deutsche Juden, in deren reichhaltiger Bibliothek Willa die deutschen und französischen Klassiker fand. Unter Anleitung von Frau Wiener begann sie, Französisch zu lernen. Auch auf der Schule fand Willa gute Lehrer. Sogar Latein wurde in Red Cloud gelehrt, und überdies studierte Willa, gierig auf jede Erweiterung ihres geistigen Horizontes, in privaten Stunden Griechisch; mit sechzehn hatte sie Ovid, Vergil und die Ilias im Original gelesen.

Mehr als alles andere indessen interessierte sie Medizin. Sie hatte sich mit zwei Ärzten angefreundet, die das Mädchen auf ihre Patientenbesuche mitnahmen und Krankheitsfälle mit ihr besprachen. Sie ließen sie auch selbst im Labor experimentieren. Mit fünfzehn schrieb sie einer Freundin ins Album, daß Kröten aufzuschneiden ihr Hobby sei, Glieder zu amputieren «perfektes Glück», und es ihr Lebensziel sei, Ärztin zu werden. Der Eintrag war unterschrieben «Wm. Cather M. D.»

Auf den Photos jener Jahre blickte Willa Cather provokativ als Junge in die Welt. Ihr Haar war kurz geschnitten, statt Röcke trug sie Hosen, sie rüstete sich mit Spazierstock und Melone aus und gelegentlich mit Hosenträgern. Wieweit diese Stilisierung zur maskulinen Person Maskerade war, wieweit Rebellion gegen die viktorianischen Gebote der Zeit, die Vivisektion kaum als Beschäftigung für junge Mädchen vorsah, wieweit vielleicht schon Andeutung oder gar Entschluß zu lesbischem Verhalten, darüber gibt es viel Rätselraten unter Cather-Forschern. Willa Cather war eine überaus diskrete Person, die alles Private vor der Öffentlichkeit streng verschloß. Ihre Briefe an die Freunde hat sie zurückerbeten und vernichtet und direkte Zitate aus den verbliebenen untersagt. Sie war lediglich bereit, über ihre Arbeit Auskunft zu geben; selbst an der eigenen Biographie hat sie zu Lebzeiten stark redigiert und ihr Geburtsjahr mehrmals verändert. Daß es bei einer so verschwiegenen Person nirgendwo Informationen über ihr sexuelles Verhalten gibt, versteht sich von selbst. So rebellisch sie in ihrer Mädchenzeit war gegen die Normen einer Zeit, deren Vorstellung von Weiblichkeit einem unabhängigen Geist als Fessel erscheinen mußte, so traditionsbewußt und formgebunden war sie im späteren Leben. Sie nahm Rücksicht auf die Empfindlichkeiten der Menschen, die sie liebte, und brachte etwa auf ihren späteren Besuchen daheim die Lebensgefährtin Edith Lewis, mit der sie vierzig Jahre bis zum Ende die Wohnung teilte, nie mit nach Red Cloud. Willa Cathers Diskretion hat die Interpreten heftig angeregt. Mit Gewißheit läßt sich nur sagen, daß ihre engsten Gefühlsbindungen ihr Leben lang Frauen galten; alles andere ist Vermutung.

Die Anregungen, die Red Cloud bot, konnten einem aufgeweckten Mädchen nicht genügen, so wenig wie der Bahnhof als Fenster zur Welt ausreichend war. Willa teilte die Unruhe der jungen Leute, die sich in der provinziellen Enge im Herzen des Kontinents ausgeschlossen fühlten von allem, was rundum vor sich ging. Neidvoll berichtete sie einer Freundin, es habe ihr jemand aus einer Stadt geschrieben, «wo die Leute sich mit Paderewski und Swinburne beschäftigen». Außerdem fühlte sie sich als Person verkannt; sie hatte schließlich «einen besonders un-femininen Verstand, der nicht umhin konnte, logische Folgerungen zu ziehen und zu akzeptieren». So porträtierte sie sich selbst in der Erzählung *Tommy the Unsentimental.* Ihre Freundinnen suchte sie sich unter Frauen, die sich für mehr interessierten «als für Säuglinge und Salate». Entschlossen, Chirurgin zu werden, beendete sie die Schulzeit, eine von drei Absolventen ihrer Klasse und das einzige Mädchen. Bei der Abschlußfeier hielt sie eine Rede, die ihr Publikum aufhorchen ließ. Unter dem Titel «Aberglaube gegen Forschung» lieferte die Sechzehnjährige ein vehementes Plädoyer für experimentellen Forschergeist. Die Rede wurde im Stadtblatt abgedruckt, Willa Cathers erster veröffentlichter Text.

Lincoln, der Sitz der Universität, an der Willa Cather mit sechzehn ihr Studium begann, war die Hauptstadt des jungen Staates Nebraska. Verglichen mit Red Cloud war es eine Großstadt, aber auch hier war alles noch jung und neu. Die Universität hatte «erst vor ein paar Jahren ihr Haupt aus der Prärie erhoben»; es gab noch keine Wohnheime auf dem Campus, die Studenten mußten sich Unterkünfte suchen, und von manchem Arbeitstisch aus ging der Blick auf die Prärie. Immerhin war Lincoln Bahnknotenpunkt. Es lag an der direkten Strecke Chicago – Denver, und für die Theater- und Operettentruppen, die von der Ostküste auf Tournee nach Kalifornien gingen, war es ein bequemer und beliebter Gastspielort. In Lincolns beiden Bühnenhäusern konnte man manche Woche fünf bis sechs Produktionen sehen. Mit Ausnahme der Duse hat Willa Cather alle großen Stars der Zeit, von Sarah Bernhardt bis Julia Marlowe, auf der Provinzbühne des Mittelwestens erlebt.

Auch die Universität war weltläufiger, als ihre Lage und ihre kurze Existenz vermuten ließen. Es gab international bedeutende Gelehrte, die von den etablierten Universitäten des Ostens kamen oder aus Europa. Die Studenten stammten vorwiegend aus der Umgebung, Farmerskinder «frisch vom Kornfeld mit nur einem Sommerlohn in der Tasche», doch eifrig und lernbegierig.

Willa Cather fand in Lincoln vorzügliche Lehrer. Sie steuerte noch immer auf ein Studium der Medizin hin, und im ersten Jahr hörte sie Vorlesungen in Botanik, Chemie, Astronomie und sezierte weiter Frösche. Gleichzeitig aber studierte sie französische Geschichte und englische Literatur, Latein und Griechisch, und später kam Deutsch dazu. Sie war eine überaus fleißige und brillante Studentin, in ihrer Lateinklasse die beste von 53 Studenten. An die Wand ihrer Studentenbude hatte sie eine Karte des antiken Roms geheftet, der Stadt, die sie von allen Orten der Welt am liebsten kennenlernen wollte.

Gleich im ersten Studienjahr geschah ein Ereignis, das eine Weiche in ihrem Leben stellte. Ein Essay, den sie über Thomas Carlyle geschrieben hatte, beeindruckte ihren Englisch-Professor derart, daß er ihn an die größte der fünf lokalen Zeitungen, der *Nebraska State Journal*, weiterreichte. Dort wurde er, wenngleich nur mit Initialen gezeichnet, in der Sonntagsbeilage als die «bemerkenswerte Produktion einer Sechzehnjährigen» abgedruckt. Fast vierzig Jahre später bekannte Willa Cather in einem Brief an den Redakteur, der inzwischen ein guter Freund geworden war, sie habe sich bis dahin auf die Naturwissenschaften konzentrieren und Medizin studieren wollen; «doch sich gedruckt zu sehen, hat eine hypnotische Wirkung». Wie scherzhaft das immer gemeint sein mochte, jedenfalls stand für sie von da an fest, daß sie Schriftstellerin werden wolle.

Seither hat Willa Cather mit einer Zielstrebigkeit geschrieben, die alles andere beiseite drängte. Das Motto, das sie einem ihrer Geschöpfe in den Mund gelegt hat, war das ihre: «Woran man Tag für Tag denkt und was man ... täglich plant, das wird man erreichen.» Sie war, berichtet eine Freundin, vollkommen in ihre Arbeit eingesponnen, «ihr Werk umstrickte sie wie die Schlange den Laokoon. Sie sagte mir einmal, daß ihr nichts anderes wichtig sei, als Bücher zu schreiben und ein Leben zu führen, das dies möglich macht».

Bis es indessen soweit war, absolvierte sie eine ungewöhnlich lange Gesellenzeit. Willa Cather war fast vierzig Jahre alt, als ihr erster großer Roman, *O Pioneers!*, erschien. Auf diese Lehrzeit hat sie später eher geringschätzig zurückgeblickt; sie unterschlug sie gern in ihrer Biographie. Es waren Jahre, in denen sie mit frühen Erzählungen, Gedichten, vor allem aber im Journalismus die handwerkliche Fertigkeit und den Bildungsstoff erwarb, mit denen dann das eigene Lebensmaterial zu formen war.

Noch ehe sie zwanzig Jahre alt war, in ihrem dritten Studienjahr, begann Willa Cather eine journalistische Karriere, die sie zwanzig Jahre lang intensiv in Anspruch nahm. Auf der Universität gab sie eine studentische Literaturzeitschrift heraus, für die sie selbst ihre ersten Geschichten schrieb. Gleichzeitig begann die professionelle Karriere mit einer regelmäßigen Kolumne für das *Nebraska State Journal*, dem Willa Cather lebenslang verbunden blieb. Zweimal in der Woche und manchmal öfter erschienen ihre Skizzen und Vignetten, meist Beobachtungen oder Porträts in Form von Miniaturgeschichten. Sie verdiente einen Dollar pro Kolumne, das war ein Cent für zehn Wörter, ein Hungerlohn. Aber die Arbeit machte ihr Spaß und erweiterte den Horizont, zumal sie bald die Theaterkritik übernahm. Sehr schnell machte sie sich einen Namen über Nebraska hinaus als eine witzige, intelligente, aber auch harsche Rezensentin, die lebendige und unverblümte Kritiken schrieb. Bis nach New York hin hatten Künstler und Produzenten von diesem «jungen Mädchen mit dem Hackebeil» gehört, das sein Instrument «mit der Autorität eines großstädtischen Veteranen» betätigt.

Als Willa 1895 mit 21 Jahren ihr Studium abschloß, hatte sie weit über hundert Zeitungsartikel geschrieben. Sie war eine kompetente und gefragte Journalistin geworden, bekannt im Mittelwesten und mit einer beginnenden nationalen Reputation. In den Kritiken, die sie inzwischen auch über Bücher schrieb, sind schon alle späteren Abneigungen und Sympathien enthalten. Ihr literarischer Geschmack tendierte zu romantischer Literatur, für soziale Themen hatte sie nichts übrig, weder im Drama noch im Roman. Zola und Ibsen blieben ihr so fremd, wie es später die engagierte Literatur des eigenen Landes war. Sie liebte Robert Louis Stevenson, in dessen Büchern nirgends von «den ärgerlichen Problemen der Gesellschaft» die Rede war, und sie bewunderte und verehrte Henry James. Vor allem aber hat Willa Cather in diesen frühen kritischen Berichten das Programm des eigenen Lebens formuliert.

Schon mit ihrer frühesten literarischen Äußerung im Alter von siebzehn Jahren hat sie ihr Leben auf einen Kurs gesetzt, dem sie konsequent gefolgt ist. In dem Carlyle-Essay, der ihren Professor so beeindruckt hat, heißt es: «Jede Kunst ist ein gestrenger Zuchtmeister, strenger noch als Jehova. Der verlangt nur, ‹Du sollst keine Götter neben mir haben›; Kunst und Wissenschaft und Literatur schreien: ‹Du sollst überhaupt keine anderen Götter haben›; sie fordern nur Menschenopfer.» Kunst wohnt für Willa Cather in den Zonen der Religion. Mit achtzehn schrieb sie in einer Arbeit über Hamlet, der wahre Künstler müsse gleich Jesu Jüngern die Welt aufgeben und der Kunst nachfolgen. Dies ist, in immer neue Wendungen gefaßt, Prinzip und Thema ihres Lebens. «Der Künstler, armer Kerl, hat nur eine Sorge, eine Hoffnung, ein Ziel – sein Werk. Das ist alles, was Gott ihm gegeben hat; statt Liebe, Glück, Beliebtheit, nur dies. Er ist nicht dazu gemacht, wie andere Menschen zu leben; seine Seele ist anders besaitet.» So heißt es in einem Artikel für das *Journal.* Künstler brauchen Einsamkeit, glaubt Willa; Kunst und Familienleben schließen einander für sie aus. Diese asketische Weltsicht des jungen Mädchens bleib die Überzeugung der reifen Frau. «Was ein Künstler an guter Arbeit leistet, kann er nur allein tun», heißt es in dem Hamlet-Aufsatz 1891; 24 Jahre später läßt sie die Sängerin Thea Kronborg, Heldin des Romans *Song of the Lark*, bekennen, sie habe kein privates Leben: «Die Arbeit wird zum Privatleben. Bis es soweit ist, taugt man nicht viel. Man ist wie in ein großes Netz versponnen. Man kann sich nicht losreißen, man ist wie Rankenwerk darein verwoben. Es reißt dich an sich, braucht dich auf und saugt dich aus, und das ist dein Leben.» Es war die eigene Lebensphilosophie.

In den Monaten, die sie nach dem Studienabschluß zu Hause in Red Cloud verbrachte, schrieb Willa Cather weiter für die Zeitung. Aber sie schrieb auch eine Erzählung, welche die künftige Themenwelt vorwegnahm. *On the Divide* ist die harte Geschichte des norwegischen Farmers Canute, «Wrack von zehn Wintern auf der Divide». Aus der düsteren Perspektive, von der sie später abkam, schildert Willa eine Existenz, «die nur der Bodensatz vom Leben ist, das in anderen Ländern und unter anderen Menschen verschwendet wurde». Es war Willas bis dahin beste Geschichte, und sie wurde von einem bekannten Monatsblatt abgedruckt. Sie war auf dem Weg zu ihrem eigentlichen Stoff.

Inzwischen aber entfaltete sich ihre journalistische Karriere. Eine neue Zeitschrift in Pittsburgh warb sie an, und 1896, mit 22 Jahren, verließ Willa Cather Nebraska. Pittsburgh, Zentrum der Stahlindustrie, war eine reiche und weltläufige Stadt; die Vermögen der Carnegie, Frick und Mellon sorgten für ein reiches Kulturleben. Der Verleger, der Willa geholt hatte, überließ ihr die Gestaltung des Magazins allein. Unter einem Halbdutzend Pseudonymen füllte sie die Seiten mit Reportagen, Rezensionen und eigenen Geschichten. Gleichzeitig ging ihre Arbeit für das *Journal* weiter, und binnen kurzem engagierte sie der *Pittsburgh Leader*, die größte Tageszeitung in Pennsylvanien, als Theaterkritiker. Nach einem Jahr wechselte sie ganz zum *Leader* über und wurde dessen Nachrichtenredakteur.

Ihr Beruf und ihre Originalität machten sie schnell in der Gesellschaft von Pittsburgh populär. Sie traf und interviewte berühmte Leute und befreundete sich mit Künstlern und Kollegen, mit denen sie Heine auf deutsch und Flaubert auf französisch las. Als der Präsident die Stadt besuchte, war Willa Cather unter den Gästen. Ihr Ruf war bereits so weit über den Mittelwesten hinausgedrungen, daß die *New York Sun* sie für eine Woche nach New York einlud, um ihren Theaterkritiker zu vertreten.

Vor allem aber fand sie in Pittsburgh die Frau, die ihre engste und nächste Lebensfreundin wurde: Isabelle McClung.

Auf der Universität war Willa noch in ihrer männlichen Verkleidung erschienen; für die Studenten war sie einfach «Billy». Es hat zwei Jahre gedauert, bis Freunde sie dazu bewegten, sich die Haare wachsen zu lassen und Röcke zu tragen. Doch noch als «William» – wie sie ihre Briefe unterschrieb – ergriff sie ihre erste stürmische Passion zu einer Mitstudentin. Die offensichtlich einseitige Beziehung, die nach zwei Jahren in die Brüche ging, war ihre erste Gefühlsbindung an eine Frau. Wie wenig die Gesellschaft eine derartige Verbindung billigte, war Willa klar, wenngleich sie das Verdikt widerstrebend akzeptierte; es sei unfair, schrieb die Neunzehnjährige an die ferne Geliebte, daß Freundschaft unter Frauen als «unnatürlich» gelte. Was sie mit «Freundschaft» meinte, war mehr, als die blasse Vokabel nahelegt: die exquisite Verbindung zweier Seelen wie bei Hamlet und Horatio, eine geistige Bruderschaft, gegen die «der Glanz jeder anderen Leidenschaft und Begeisterung verblaßt». Bei Isabelle McClung fand Willa diesen Gleichklang der Seelen.

Als sie mit Isabelle in der Garderobe einer von beiden verehrten Schauspielerin zusammentraf, hatte Willa schon zwei Heiratsanträge hinter sich. Einen von einem jungen Arzt, der «in jeder Hinsicht sehr passend wäre», in den sie aber nicht verliebt war; den zweiten von einem Englischlehrer, dessen Freundschaft sie schätzte, für den sie aber «leider keine tieferen Gefühle aufbringen konnte», wie sie einer Freundin schrieb. Kunst und Ehe, das war ihre Überzeugung, sind nicht zu vereinen, und «meine Kunst ist meine Religion». Willa war 24 Jahre, als sie dies schrieb, und sie muß um diese Zeit begriffen haben, daß allein zu leben ihr selbstgewähltes Los sei.

Bei Isabelle fand Willa nicht nur die Harmonie der Seelen und des künstlerischen Temperaments, sondern auch die Umwelt, in der ihre Kunst gedeihen konnte. Isabelle, vier Jahre jünger als Willa, war selbst nicht Künstlerin, hatte aber sensible Antennen. Sie war die Tochter eines angesehenen Richters, und zwei Jahre nach dem ersten Treffen zog Willa mit der Freundin zusammen. Die richtete ihr im eleganten Elternhaus ein Arbeitszimmer ein. Für die nächsten fünfzehn Jahre, auch als sie längst in New York lebte, war das McClungsche Haus in Pittsburgh Willas Fluchtburg und Schreibheimat und Isabelle ihr Echo und ihre Muse. Von der Freundin gehegt und abgeschirmt, hat sie ihre ersten Romane in deren ehemaligem Nähstübchen geschrieben. Als das Haus nach dem Tod des Richters 1915 verkauft wurde, war das wie eine Entwurzelung für Willa. Ihre Freundschaft mit Isabelle, mit der sie nach Europa und in den Westen reiste, überdauerte noch deren Heirat, obgleich diese für Willa zunächst ein schwerer Schock war. Um diese Zeit teilte sie längst eine Wohnung in New York mit Edith Lewis, die ihre Lebensgefährtin bis zum Ende blieb. Diese Verbindung hatte indessen nicht die Intensität der Beziehung zu Isabelle. Edith Lewis, gleich

Willa der mittelwestlichen Provinz in die Großstadt entronnen, spielte mehr die Rolle der Dueña als der Seelenfreundin; sie war, wie jemand aus dem Freundeskreis das Verhältnis beschrieb, der Erste Offizier, auf den jeder Kapitän angewiesen ist, zuständig für praktische Details und für den sicheren Verlauf der Reise. Isabelle dagegen war, wie Willa nach deren Tode sagte, die eine Person, für die sie alle ihre Bücher geschrieben hat.

Der Journalismus kostete Willa soviel Zeit und Energien, daß für ihre eigentliche Arbeit kaum Zeit blieb. Immerhin gelang ihr eine Geschichte, wieder aus dem Themenkreis der «Divide», die von der Zeitschrift *Cosmopolitan* gedruckt wurde. Dieser Erfolg gab ihr den Anstoß, die Zeitung zu verlassen. Von Isabelle ermutigt, nahm sie einen Posten als Lehrerin an der höheren Schule an in der Hoffnung, damit mehr Zeit zum Schreiben zu finden. Dies blieb jedoch ein kurzes Intermezzo, dann holte der Journalismus sie wieder ein: Im Frühjahr 1903 zitierte ein Telegramm sie nach New York zur Unterredung mit einer der bedeutendsten Figuren der amerikanischen Presse.

Samuel McClure gab eine angesehene und enorm erfolgreiche Zeitschrift heraus, *McClure's*, in der die besten Schriftsteller der Zeit erschienen und die überdies durch eine Gruppe unerschrockener und engagierter «Enthüllungs-Reporter» Staub aufwirbelte. McClure war ein Feuerkopf, ein Mann der abertausend Ideen, der Willa am liebsten gleich dabehalten hätte. Es dauerte jedoch noch drei Jahre, bis sie sich zum Umzug nach New York entschloß. Inzwischen bot er ihr sein Blatt als Forum an, und er besorgte auch die erste Sammlung ihrer Erzählungen in Buchform, 1905 unter dem Titel *The Troll Garden* erschienen. Die Geschichten handelten fast alle von Künstlern, und sie spiegelten viel von Aufsässigkeit und Zorn des jungen Menschen wider, der aus der Enge der Provinz ins Freie drängt. Aber sie enthielten noch nicht Willa Cathers eigenen Ton. Der klang stärker durch in einer Sammlung von Gedichten, *April Twilight*, die, ihr erstes Buch, zwei Jahre zuvor in Boston erschienen war. Bevor sie ihre Stimme im Roman fand, war sie in ihrer Poesie zu hören. Sie selbst sah später den Gedichtband als jugendlichen Irrtum an, kaufte alle Restexemplare auf und schrieb so gut wie keine Gedichte mehr.

1906 folgte Willa McClures Drängen und zog nach New York. Die Stadt ist bis zu ihrem Tode 41 Jahre später ihr Wohnort geblieben. Sie teilte mit Edith Lewis eine Wohnung erst in Greenwich Village und später auf der Park Avenue, und sie liebte die Möglichkeiten, die Manhattan bot. Zweimal in der Woche ging sie in die Oper, sie durchwanderte den Central Park, und sie genoß großstädtische Extravaganzen, etwa ins Waldorf zu gehen – das damals noch an der Stelle des heutigen Empire State Building stand – um dort um Mitternacht Austern zu essen.

Zwei Jahre nach ihrer Ankunft in der Redaktion war Willa Chefredakteurin der Zeitschrift. Die begabte und tüchtige Journalistin war McClure binnen kurzem unentbehrlich geworden. In den sechs Jahren, die sie in der

Redaktion verbrachte, etablierte sie ihren Ruf als eine der besten Zeitschriften-Redakteurinnen im Lande. Gleich mit ihrer ersten Arbeit, einer Serie über die Christian-Science-Kirche, die in vierzehn Fortsetzungen über anderthalb Jahre lief, hatte sie Sensation gemacht. Sie fand auch neue Freunde, darunter den Verleger selbst. Aber ihr Leben war hektisch. Sie fragte sich, ob sie «je wieder eine Zeile über Dinge schreiben würde, die mir wirklich am Herzen liegen»; sie fühle sich wie ein Trapezkünstler, der fortwährend zum nächsten Barren schwingen muß, um nicht abzustürzen.

Die Ungeduld, endlich zum eigenen Lebensziel zu kommen, wurde geschürt durch den Gedankenaustausch mit der Schriftstellerin Sarah Orne Jewett, die Willa in Boston getroffen und mit der sie sich sofort befreundet hatte. Jewett drängte sie, sich Zeit und Ruhe für die eigene Arbeit zu nehmen und ihre Kräfte zu hüten und reifen zu lassen; «der Schriftsteller ist der einzige Künstler, der einsam sein muß und der doch den weitesten Ausblick auf die Welt braucht». Das waren Worte, die verwandte Saiten bei Willa anschlugen. Wichtiger noch war der Rat, sich ihres Materials, ihrer Herkunft genauer zu versichern; Erinnerung, so Sarah Jewett, ist Teil der Berufung. Diese Ermahnung zum Rückzug in die «stille Ecke» traf sich mit Willas eigener Unrast. Sie hatte dem Redaktionstrubel Zeit für eine Geschichte abgerungen, und 1912 hat sie ihren ersten Roman veröffentlicht, *Alexander's Bridge*. Er spielt in Boston und in London, wohin sie im Auftrag des Magazins gereist war, und er enthält schon viel von Willas späterer Thematik – die Zerklüftung der Persönlichkeit zum Beispiel –, aber noch immer nicht Willas Eigenton. Noch stand sie zu stark unter dem Einfluß des großen alten Mannes der Epoche, Henry James, und sie war sich dessen bewußt; schon kurz nach dem Erscheinen des Buches, das sie später als «Atelierbild» abtat, riet sie einer Freundin, sich nicht mit seiner Lektüre aufzuhalten, sondern «the real thing» abzuwarten, das sie gerade unter der Feder hatte.

Dieses «real thing», ihre eigentliche Sache, beschäftigte sie um diese Zeit schon länger, zweifellos angefacht durch Sarah Jawetts Rat. Ende 1911 zog sich Willa, abgearbeitet und krank, für längere Zeit aus der Redaktion zurück. Es sollte ein Urlaub von sechs Monaten werden, der sich dann über ein Jahr ausdehnte und zu einem endgültigen Abschied vom Journalismus führte. Über die nächsten Jahre hat sie noch weiter Serien und Artikel, Interviews und Reportagen für *McClure's* geschrieben, aber nur noch als Nebenarbeit und zum Broterwerb. Um 1912, mit 39 Jahren, erreichte Willa Cather die Zielgerade zum Bücherschreiben, auf die sie Kurs genommen hatte, seit sie siebzehn war.

Die Geschichten, die danach drängten, geschrieben zu werden, waren alle aus dem Stoff, der die Erinnerung ausmacht. Spätestens seit dem Briefwechsel mit Sarah Jewett wußte Willa, daß ihr Themenkreis die Umwelt war, aus der sie stammte, das Material des Westens. Sie brauchte nur in sich hineinzuhorchen, und die Geschichten erzählten sich von selbst; sie mußte nur, so beschrieb sie selber den Prozeß, zu Themen greifen, die im hohen Gras verborgen lagen, so wie es Dvořák in der Sinfonie «Aus der Neuen Welt» getan hat, die er nach einem Besuch in Nebraska schrieb. Willa wußte, wo deren Largo herkam: aus dem hohen Präriegras! Sie hatte ihren Weg gefunden, geleitet von dem inneren Kompaß, «der unsere Füße in dunkler Nacht den Weg nach Hause finden läßt».

Um Willas Erschöpfung zu kurieren und ihr Ruhe zum Schreiben zu geben, mietete Isabelle sich und die Freundin auf einer ländlichen Oase im Staat New York ein. Hier machte Willa sich an die Geschichten, die seit längerem in ihr rumorten. Gleich die erste, *The Bohemian Girl*, war, so empfand sie, anders als alles, was sie bisher geschrieben hatte. Als die Journalistin Elsie Sergeant, mit der Willa gern über ihre Arbeit sprach, das Manuskript las, rief sie aus «This is it!» Hier war die Welt der Kolonisten der Prärie nicht mehr bloß beschrieben in jener Mischung aus Mitleid und Distanz, welche die früheren Geschichten bestimmte, hier war sie, ins Bild gefaßt, zum Leben erweckt, getaucht in jenen goldenen Herbstglanz, der Willas liebste Vision des Graslands war. Hier hatte Willa nicht nur ihr Material, sie hatte endlich auch ihren eigenen Ton gefunden.

Der große Erfolg des *Böhmischen Mädchens*, das *McClure's* im August 1912 veröffentlichte, überraschte und ermutigte die Autorin. Sie hatte, als die Erzählung erschien, ihre erste Reise in den Südwesten hinter sich, eine Landschaft, die sie sofort in ihren Bann schlug und sie nicht mehr losließ. Die Wüste und die Canyons, die Ruinen der Höhlenbewohner auf der Mesa, das spanische Element und das indianische, dazu die Allgegenwart der katholischen Kirche – all das war neu für sie, ein tiefes, intensiv genossenes Erlebnis.

Die Reise nach Arizona und Neu-Mexiko hatte Willa neue Lebenskraft und Arbeitselan gegeben. Auf dem Rückweg verbrachte sie fünf Sommerwochen bei der Familie in Red Cloud. Zum erstenmal seit Jahren erlebte sie wieder die Weizenernte, und am Rande eines Kornfelds kam ihr die Idee zu einer neuen Geschichte. Sie nannte sie *Der weiße Maulbeerbaum*. Es war die tragische Geschichte von zwei Liebenden, die der Ehemann in der Umarmung überrascht und umbringt, eine Art Romeo und Julia der Prärie. In Pittsburgh, wo sie den Rest des Jahres bei Isabelle verbrachte, machte sie sich sogleich ans Werk, und binnen kurzem war die Geschichte fertig. Dann holte sie ein älteres Manuskript hervor, das unvollendet geblieben war, die Geschichte der schwedischen Farmerin Alexandra, und plötzlich kam ihr die Erkenntnis, daß beide Geschichten zusammengehörten. Die Fusion der beiden Elemente war, so beschrieb sie den Vorgang später, «wie eine jähe innere Explosion und eine Erleuchtung». Wie in einem organischen Prozeß fand das Material selbst seine Form. Den Titel des Romans, den sie als ihren eigentlichen ersten betrachtete, entnahm sie Walt Whitmans Gedicht *Pioneers! O Pioneers!* Das Land selbst war Held der Geschichte, die sie seit langem hatte schreiben wollen. *O Pioneers!* ist das erste

Kapitel in der Saga der Prärie, mit der sie ihr Leben lang beschäftigt blieb.

O Pioneers! erschien im Sommer 1913 mit begeisterten Kritiken. Die *Chicago Evening Post* erkannte in dem Werk die Handschrift des Genies, und die *New York Times* nannte den Roman «amerikanisch im besten Sinne des Wortes». Indessen war Willa bereits mit ihrem nächsten Projekt beschäftigt. Als eine der letzten Auftragsarbeiten für *McClure's* schrieb sie einen Artikel über Opernsängerinnen. Dies führte zu einer spontanen und engen Freundschaft mit der Wagner-Sängerin Olive Fremstad, die gerade ihre letzte Saison an der Metropolitan Opera absolvierte. Willa hatte schon lange den Roman einer Sängerin schreiben wollen; die Nähe zu Olive Fremstad gab ihr intimen Einblick in eine Welt, die sie faszinierte, seit sie mit Herrn Schindelmeisser am Klavier gesessen hatte. Ihr nächster Roman, *Song of the Lark*, ist jedoch weit mehr als ein Künstlerroman. Er schildert den Weg eines begabten Mädchens, das sich aus der provinziellen Enge einer Kleinstadt im Mittelwesten durchkämpft zu ihrem Lebensziel, Sängerin zu werden. Thea Kronborg ist Willas Zwilling: eine Frau, die «sich findet».

Obwohl Willa in New York lebte, zog sie sich zum Schreiben immer noch nach Pittsburgh zurück. Kurz nach dem Erscheinen des neuen Buches, das sie Isabelle gewidmet hatte, verlor sie diese zweite Heimat. Im Herbst 1915 wurde das Haus auf Murray Hill Avenue verkauft, und wenig später heiratete Isabelle den Geiger Jan Hambourg. Zwar beendete die Ehe die enge Verbindung der beiden Frauen, die über anderthalb Jahrzehnte bestanden hatte, nicht. Willa aber hatte die Freundin nicht mehr für sich allein, und Isabelles Heirat, die für Willa ganz unerwartet kam, war für sie «hart und wird es immer sein». Sie rettete sich in Arbeit. Im Sommer war sie wieder in Red Cloud und besuchte alte Freunde. Die Menschen in Nebraska, schrieb sie an Elsie Sergeant, waren wie Romanfiguren für sie: Als Kind hatte sie ihre Geschichte begonnen, und die ging nun immer weiter, fort und fort wie *Krieg und Frieden*, bunt und vielfältig und wunderlicher, als die Phantasie erfinden kann. Auch Annie Sadilek, die einst bei Miners den Haushalt führte, traf sie wieder und lernte deren Mann John Pavelka und die Kinder kennen.

Aus dieser Begegnung erwuchs das Werk, das viele für Willa Cathers bedeutendstes halten. *My Ántonia* hat allerlei Vorstudien gehabt, von der frühesten Erzählung *Peter* (1891) bis zum *Bohemian Girl* (1912). Jetzt aber wurde Annie Pavelka, verwandelt in die Ántonia des Romans, für Willa die Verkörperung all dessen, was sie über die europäischen Einwanderer der frühen Jahre wußte und was sie für sie empfand. An eine der Miner-Töchter schrieb sie, es sei ihr «bestimmt», *My Ántonia* zu schreiben, wenn sie überhaupt schreiben sollte. Für jeden Schriftsteller, fühlte Willa, gibt es einen Punkt, an dem sich seine Lebenslinie als Künstler mit der Kurve seines privaten Trachtens schneidet; dieser Moment war mit *Ántonia* erreicht.

Die Leser fühlten das sofort, als der Roman 1918 erschien. Schon Willas Verlagslektor verspürte, als er das Manuskript erhielt, «den blitzartigen Begeisterungsschock, mit dem man das Eigentliche – ‹the real thing› – erkennt». Die Kritiken waren überschwenglich. Noch Jahre später, als die Internationale Mark-Twain-Gesellschaft 1934 nach dem «eindrucksvollsten und repräsentativsten amerikanischen Roman des Jahrhunderts» fragte, fiel die Entscheidung der Mehrheit auf *My Ántonia*. Auch im Ausland wurde der Roman schnell populär. Kein Werk sonst trug Willa so viele Leserbriefe ein. Der Präsident der Tschechoslowakei, Masaryk, der Willa Cathers Bücher alle kannte, führte eine Korrespondenz nicht nur mit Willa, sondern auch mit Annie Pavelka, die er zu einem Besuch in seinem Land einlud; sie würde, versprach er, wie ein Ehrengast empfangen werden. *My Ántonia* festigte Willa Cathers Ruhm. Sie wurde mit Ehrendiplomen, Porträts und Titelgeschichten bedacht, die sie regelmäßig als «amerikanische Klassikerin» feierten. Als Sinclair Lewis 1930 den Nobelpreis für Literatur erhielt, meinte er, die Ehrung hätte eher Willa Cather zugestanden.

Als *My Ántonia* erschien, befand sich Amerika im Krieg. Die Politik, die Willa immer fremd gewesen war, drängte sich jetzt in ihr Leben. Nicht nur brachte der Krieg den Untergang der Welt, in der sie aufgewachsen war; er brachte auch persönliche Verluste. Ihr Vetter Grosvenor Cather, der Sohn von Onkel George und Tante Franc, fiel als Soldat der amerikanischen Armee in

Frankreich. Zu seinem Gedächtnis schrieb Willa ihr nächstes Buch, *One Of Ours*. Bevor sie an die Arbeit ging, reiste sie, nach Kriegsende, mit Edith Lewis nach Europa, besuchte Isabelle und ihren Mann, die jetzt in Frankreich lebten, und besichtigte die Schlachtfelder. Von Krankheit, Reisen und der Arbeit an einem neuen Erzählband – *Youth and the Bright Medusa* – aufgehalten, erschien der Kriegsroman erst 1922. Seine Aufnahme zeigte, wie rapide die Stimmung sich inzwischen verändert hatte. In der harschen Realität der Nachkriegszeit kam der Gedanke, daß der ehrenvolle Tod fürs Vaterland ein junges, sonst ereignisloses Leben veredeln könne, nicht gut an. Man warf Willa vor, daß sie einen grausamen Konflikt romantisiert habe. Dennoch brachte ihr gerade dieser Roman den Pulitzer-Preis ein.

1927 erschien ein anderes Buch, dessen Stoff sie, wie *My Ántonia*, seit Jahren bewegt und das sich in Episoden schon lange angekündigt hatte: *Death Comes For the Archbishop*. Hier leistet sie für den Südwesten, was sie vorher für den Mittelwesten getan hat: die Legende seiner Kolonisation. Wieder sind die Pioniere Europäer, doch diesmal haben sie es mit der Wüste, nicht mit der Prärie zu tun. Willa war seit jenem ersten Besuch von 1912 noch mehrmals in den Südwesten zurückgekehrt: 1916 in die Ruinenstadt auf der Mesa Verde und 1925 nach Neu-Mexiko. Jetzt sammelte sie ihre Eindrücke dieser Landschaft in der Geschichte des Erzbischofs Lamy aus der Auvergne, dessen Bronzestandbild vor der Kathedrale von Santa Fe steht. Lamy, im Roman zu

«Latour» verfremdet, wurde für sie «wie ein unsichtbarer persönlicher Freund». Was sie an ihm fesselte, war der Zusammenprall einer kultivierten Sensibilität mit der rauhen Welt der Frontier. Die Geschichte von Latour und seinem Gefährten Vaillant war mehr als Landschaftsporträt und Lebensbild; sie war zugleich das Hohelied der Freundschaft. Beim Erscheinen des Romans drängte sich den Kritikern wieder die Formel auf, die inzwischen für Willa Cather selber galt: «An American Classic».

1932, mit 59 Jahren, hat Willa zum letztenmal Nebraska besucht. In Romanen und Erzählungen aber lebt die Heimat fort. In *A Lost Lady* wird noch einmal Abschied genommen von der Pionierzeit. *Lucy Gayheart* zeigt wieder die Verlorenheit des sensiblen Mädchens in der Kleinstadt, wo jedes Leben Tuchfühlung mit allen anderen hat. In ihrer vielleicht schönsten Erzählung *Old Mrs. Harris* beschwört sie das Familienheim in Red Cloud herauf, in dem drei Cather-Generationen zusammenlebten. Die Erzählungen in *Bright Medusa* und die Romane *The Professor's House* und *My Mortal Enemy*, alle in den zwanziger Jahren geschrieben, handeln wieder von dem alten Thema der Unvereinbarkeit von Kunst und Familie; sie spiegeln Willas pessimistische Sicht der Ehe.

Vier Jahre nach dem *Erzbischof* ist Willa Cather noch einmal auf das Thema der Mission in Übersee zurückgekommen. Wieder ein französischer Edelmann als Missionar, wieder eine Männerfreundschaft, wieder Pionierzeit in Amerika. Diesmal jedoch ist die Szene neu. *Sha-*

dows On the Rock, von einem Besuch in Quebec angeregt und mit Forschungen in Paris fundiert, handelt von der französischen Erschließung Kanadas. Es ist Willas schwächster Roman, in dem sich bereits die ersten Zeichen der Erschöpfung zeigen.

Dabei hatte sie in den dreißiger Jahren noch einmal Auftrieb durch die jungen Leute, mit denen sie sich umgab. Die Tochter ihrer Schwester Jessica war in New York, und andere Nichten und Neffen kamen dazu. Eine große Bereicherung ihres Lebens brachte die Freundschaft mit der Familie Menuhin, die sie 1930 in Frankreich bei den Hambourgs getroffen hatte. Yehudi war damals vierzehn Jahre alt und schon ein bekannter Geiger. Zu Willas Freunden hatten immer Musiker gehört, und die Menuhins schloß sie sofort ins Herz. Yehudi parkte seinen Schlitten bei «Tante Willa», und wann immer die Familie in New York war, gab es lange Spaziergänge im Central Park und die Lektüre von Shakespeare mit verteilten Rollen.

Sonst aber lebte Willa zurückgezogen und abseits der Moden ihrer Gegenwart. Sie wußte, daß ihre Zeit vorbei war und daß sie selber zur Vergangenheit gehörte. Die Welt um sie herum schien immer finsterer zu werden, und persönliche Verluste ließen sie vereinsamen. Die Eltern und der geliebte Bruder Douglas waren gestorben, und 1938 verlor sie Isabelle, die lange unheilbar krank war. Willa selbst hat während ihrer letzten zehn Jahre unter heftigen Schmerzen in der Schreibhand gelitten, und ihre Kräfte ließen nach. Die Veränderungen der

Stadt, in der sie seit der Zeit der Pferdekutschen lebte, bedrückten sie. Sie verbrachte ihre Sommermonate in dem Haus, das sie sich mit Edith Lewis auf einer Insel vor der Küste von Maine gebaut hatte, oder in einem Gasthaus in Neuengland. Noch immer liebte sie die Berge, die ihrer Kindheit den Horizont gegeben hatten; sie verfügte, daß man sie in Jaffrey in New Hampshire begraben solle.

Ganz am Ende ihres Lebens kehrte Willa in ihre früheste Kindheit zurück. Mit Ende Sechzig schrieb sie mit ihrem letzten Buch den ersten Roman, der in Virginia spielte. 1938 hatte sie mit Edith Lewis noch einmal die alten Stätten in Back Creek Valley besucht. Jetzt holte sie Szenen aus der Erinnerung hervor, die sie ihr Leben lang begleitet hatten. *Sapphira and the Slave Girl* erschien 1940 und überraschte Willas Publikum. Es war das erste Mal, daß sie an heikle politische Probleme rührte. Doch es ist ein romantisches Licht, in dem der alte Süden in dem Buch erscheint, und wieder ist es ein eigenes Erlebnis, das auf Formulierung gewartet hatte: die Heimkehr der Sklavin Nancy Till, deren Zeuge Willa als fünfjähriges Kind gewesen war. Es war die Episode, die sie stets für das wichtigste Ereignis ihrer Kinderzeit gehalten hat. Mit eiserner Disziplin schrieb Willa gegen ihre Schmerzen, gegen wachsende Erschöpfung und gegen die allgemeine Verdunkelung der Welt an, und die Mühe ist dem Buch anzumerken. Willa hat die Kraft gefehlt, die Stränge zu einem großen Geflecht zusammenzuwirken. Aber die Einzelheiten dieser Welt «hinter den Bergen» und die Stimmung des alten Südens sind getreulich festgehalten, alle die Geschichten, die sie als Kind gehört hat. Nicht viel in diesem Buch ist Erfindung, hat Willa gesagt; es ist, wie stets der eigene Lebensstoff.

Sapphira ist das letzte Buch, das zu Willas Lebzeiten erschienen ist. In ihren letzten Jahren hat sie Geschichten geschrieben, die posthum herausgekommen sind. Darunter ist wieder ein Nebraska-Juwel, *The Best Years*, die Erinnerung an eine junge Lehrerin, die sie vor fünfzig Jahren beim Tanz getroffen hatte, zugleich ein Denkmal für Willas eigene geliebte Lehrerin. Wieder ist es eine Geschichte von einem Mädchen zwischen Brüdern, von der Härte der Prärie und von frühem Tod, dem Los der Besten. Es war die letzte Geschichte, die sie geschrieben hat. Im Frühjahr 1947 ist Willa Cather im Alter von 73 Jahren in New York gestorben. Edith Lewis hat die Freundin um 25 Jahre überlebt. In den Hügeln von New Hampshire liegen beide begraben.